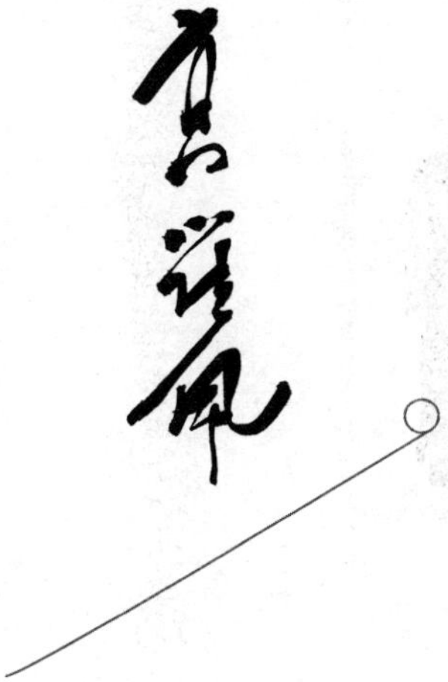

The Chinese Gold Murders

1959

蓬莱县令狄仁杰

高罗佩

大唐狄公案全译（插图本）

黄禄善 主编

黄金谜案

The Chinese
Gold Murders

〔荷〕高罗佩 著
江 敏 译

山西出版传媒集团
北岳文艺出版社
BEIYUE LITERATURE & ART PUBLISHING HOUSE
·太原·

图书在版编目（CIP）数据

黄金谜案 / (荷) 高罗佩著；江敏译 . — 太原：北岳文艺出版社, 2021.1

（高罗佩 · 大唐狄公案全译：插图本 / 黄禄善主编）

ISBN 978-7-5378-6314-8

Ⅰ. ①黄… Ⅱ. ①高… ②江… Ⅲ. ①侦探小说—荷兰—现代 Ⅳ. ①I563.45

中国版本图书馆CIP数据核字（2020）第224300号

黄金谜案

〔荷〕高罗佩 / 著

江　敏 / 译

//

策　划

续小强

项目统筹

贾晋仁　庞咏平

责任编辑

庞咏平

装帧设计

薩福書衣坊 SAFU BOOKSTORE bookd@163.net

印装监制

郭　勇

出版发行：山西出版传媒集团 · 北岳文艺出版社

地址：山西省太原市并州南路57号

邮编：030012

电话：0351-5628696（发行部）　0351-5628688（总编室）

传真：0351-5628680

经销商：新华书店

印刷装订：山西人民印刷有限责任公司

开本：787×1092　1/32

字数：143千字　印张：7

版次：2021年1月第1版

印次：2021年3月山西第1次印刷

书号：ISBN 978-7-5378-6314-8

定价：36.00元

导言

一

20世纪与21世纪之交，西方通俗文学界一个令人瞩目的现象是历史侦探小说（historical detective fiction）的崛起。当时西方的许多主流媒体，如《纽约时报》《华尔街日报》《泰晤士报》《卫报》等等，连篇累牍地报道历史侦探小说获奖的信息，有关小说的介绍、评论汗牛充栋。这些获奖小说的背景多半设置在一个年代久远的古代，中心情节是破解一个与谋杀有关的案件，作者大都为历史学、考古学等专业的学者，爱好文学创作。譬如保罗·多尔蒂（Paul Doherty, 1946—　），当代英国著名历史学家，20世纪80年代末开始历史侦探小说创作，迄今已出版了八十多部以古希腊、古罗马、古埃及和中世纪英格兰为背景的侦探小说，其中《叛逆的幽灵》（*The Treason of the Ghosts*）被《泰晤士报》列为2000年最佳犯罪小说。又如琳达·罗宾逊（Lynda Robinson, 1951—　），毕业于得克萨斯大学考古专业，擅长中东史和美国史研究。她在丈夫的鼓励下进行历史侦探小说创作，处女作《死神谋杀案》（*Murder in the Place of Anubis*, 1994）一问世即荣登“纽约时报畅销书排行榜”，之后创作的十多本小说也一版再版，畅销不衰。再如加里·科比（Gary Corby,

1963— ），澳大利亚历史侦探小说创作新秀，尽管作品数量不算太多，但已是2008年“柯南·道尔奖”得主，2010年问世的《伯里克利政体》（*The Pericles Commission*）更获“内德·凯利奖”（Ned Kelly Award）。凡此种种，正如《出版人周刊》2010年一篇评论所指出的：“过去的十年，历史侦探小说的数量和质量急速发展，以前从未有过如此多的天才作家出版如此多的历史侦探小说，作品涵盖的历史年代和案发地点也从未如此宽泛。”①

不过，西方历史侦探小说并非从世纪之交开始。早在1911年，在美国作家梅尔维尔·波斯特（Melville Post, 1869—1930）的短篇小说《上帝的天使》（*The Angel of the Lord*）中，就出现过一个古时的业余侦探“阿布勒大叔”（Uncle Abner）。他生活在古老的弗吉尼亚边疆，是个牧场工人，一个和蔼、睿智的中年人。他凭借《圣经》的道德标准和美国的法律精神破案。之后，《上帝的天使》很快被扩充为拥有二十六个故事的侦探小说集《阿布勒大叔：破案高手》（*Uncle Abner, Master Mysteries*, 1918）。到了1943年，美国作家利莲·托雷（Lilliande la Torre, 1902—1993）发表了以历史人物塞缪尔·约翰逊（*Samuel Johnson*）为主角的短篇小说《英格兰国玺》（*The Great Seal of England*）。之后，她同样将短篇小说扩充为侦探小说集《萨姆博士：约翰逊侦探》（*Dr. Samuel Johnson, Detector*, 1948）。在这之后，西方历史侦探小说进入高速发展的阶段。英国作家阿加莎·克里斯蒂（Agatha Christie, 1890—1976）出版了以古埃及为背景的长篇历史侦探小说《死亡终局》（*Death Comes as the End*, 1944）。美国作家约翰·卡尔（John Carr, 1906—1977）出版了反映拿破仑战争题材的长篇历史侦探小说《狱中新娘》（*The Bride of Newgate*, 1950）。荷兰外交家、汉学家高罗佩（Robert van Gulik, 1910—1967）推

① Lenny Picker. *Mysteries of History*, Publishers Weekly, March 3, 2010

出了基于中国公案小说传统的系列历史侦探小说“狄公案”（Judge Dee series）。这些单本的、系列的历史侦探小说的问世，为当代西方历史侦探小说的全面崛起做了有益的铺垫，尤其是“狄公案小说”，采用长、中、短三种小说形式，数量多达十六卷，在东、西方均产生了持久的轰动效应，被认为是早期西方历史侦探小说的成功“范例”。①

“狄公案”历史侦探小说的创作发端于1949年高罗佩的译著《狄公断案精粹》（*Celebrated Cases of Judge Dee*）。故事的主角狄公（Judge Dee）在中国历史上实有其人。他名叫狄仁杰，生活在唐朝（618—907）。他一生为官，两次出任宰相，是所谓的青天大老爷。有关他廉洁自律、为民请命、秉公办案的故事很早就在民间流传。到了清朝末年，一位无名氏将这些民间故事整理成长篇公案小说《武则天四大谜案》（亦名《狄公案》或《狄梁公四大谜案》）。高罗佩在中国任外交官期间，对该书产生了浓厚的兴趣。在进行了详细考据之后，他将其中基本符合西方侦探小说传统的前三十回翻译成英文出版。之后，他开始尝试创作以狄公为主角的历史侦探小说《迷宫谜案》（*The Chinese Maze Murders*, 1952）。小说出版后，极为畅销。从此，高罗佩一发不可收拾，先后接受芝加哥大学出版社及其他图书出版公司的稿约，先后创作了十五卷狄公案历史侦探小说。它们是：《铜钟谜案》（*The Chinese Bell Murders*, 1958）、《黄金谜案》（*The Chinese Gold Murders*, 1959）、《湖滨谜案》（*The Chinese Lake Murders*, 1960）、《铁针谜案》（*The Chinese Nail Murders*,1961）、《红阁子谜案》（*The Red Pavilion*, 1964）、《朝云观谜案》（*The Haunted Monastery*, 1961）、《御珠谜案》（*The Emperor's Pearl*,1963）、《漆画屏风谜案》（*The Lacquer Screen*, 1962）、《晨猿·暮虎》（*The Monkey and the Tiger*, 1965）、《柳园图

① Carl Rollyson. *Critical Survey of Mystery and Detective Fiction*, Revised Edition. Salem Press, INC, printed in USA, 2008, p.1783.

谜案》(*The Willow Pattern*, 1965)、《广州谜案》(*Murder in Canton*, 1966)、《紫云寺谜案》(*The Phantom of the Temple*, 1966)、《太子棺谜案》(*Judge Dee at Work*, 1967)、《项链·葫芦》(*Necklace and Calabash*, 1967)、《黑狐谜案》(*Poets and Murder*, 1968)。这些"谜案"极受读者喜爱,不断再版、重印,直至2014年,还有麦克法兰图书出版公司(McFarland)的新版本出现。

"狄公案小说"的影响又渐渐从美国、英国、加拿大、澳大利亚、新西兰延伸到法国、德国、西班牙、荷兰、瑞典、芬兰、日本和中国。1982年,甘肃人民出版社率先在中国推出了陈来元、胡明翻译的《四漆屏》(*The Lacquer Screen*)。紧接着,中原农民出版社、北方妇女儿童出版社、北岳文艺出版社、中国电影出版社、海南出版社、贵州大学出版社等也各自推出了这样那样的"狄公案"全译本和节译本。与此同时,各种各样的续集、改写本也不断出现。

二

作为早期西方历史侦探小说创作的一个成功范例,"狄公案小说"展示了这一小说类型的诸多特征。首先,作为侦探小说,"狄公案小说"遵循侦探小说之父爱伦·坡(Allan Poe, 1809—1849)的"破案解谜六步曲",亦即介绍侦探、展示犯罪线索、调查案情、公布调查结果、解释案情发生的原因和经过、罪犯的服输和认罪。其次,作为历史小说,它涵盖了历史小说之父沃尔特·司各特(Walter Scott, 1771—1832)所创立的大部分市场要素,如异国情调、哥特式气氛、英雄主义、骑士精神等等。而且,作者高罗佩本人,也像上面提到的许多当代历史侦探小说的作者一样,是个精通历史、熟悉考古且深谙中国文化艺术的专业人士,所研究的对象是当时并不被看好且有点冷僻的东方文化。

高罗佩，1910年8月9日生于荷兰聚特芬（Zutphen）。父亲是名医生，曾先后两次在荷属东印度（Netherland East Indies，今印度尼西亚）服役。高罗佩随父母侨居在殖民地，在当地学习汉语、爪哇语和马来语，由此对亚洲文化，尤其是中国文化产生了浓厚的兴趣。1923年，父亲退役，高罗佩随父母回到荷兰，定居在奈梅亨（Nijmegen）。1929年，高罗佩从奈梅亨市立中学毕业，入读莱顿大学，主修东方殖民法律、荷属东印度学以及中日语言文学。之后，他又到乌特勒支大学深造，学习现当代中国史以及藏文和梵文，并以论文《马头明王诸说源流考》（*Hayagriva，the Mantrayanic Aspect of Horse·cult in China and Japan*）获得东方语言学博士学位。高罗佩的语言天赋和专业能力很快得到了认可。1935年，他被荷兰外交部录用为助理翻译，并被派驻东京任荷兰驻日公使馆二等秘书。1941年太平洋战争爆发，高罗佩与其他同盟国的外交人员一起被遣离日本。1943年3月，他从印度加尔各答来到中国重庆，出任荷兰政府驻重庆大使馆一等秘书。其间，他结识了同在大使馆秘书处工作的中国名媛水世芳。两人结为伉俪，先后育有三子一女。战争结束后，高罗佩离开中国回到海牙，出任荷兰外交部政务司远东处处长，一年后又去了美国，任荷兰驻美使馆顾问。1948年，他被任命为荷兰驻日本东京军事代表处顾问。1951年，他离开东京前往新德里，任荷兰驻印度大使馆文化参赞。1953年，他再次被召回荷兰，任外交部中东暨非洲事务司司长。1956年至1959年，高罗佩担任荷兰驻黎巴嫩全权代表。1959年至1962年又担任荷兰驻马来西亚大使。1965年，他作为驻日大使第三次被派驻东京。任上，他被诊断出患了肺癌，不得不返国治病。1967年9月24日，他在海牙辞世，享年五十七岁。

因为外交官职业的关系，高罗佩辗转海牙、东京、重庆、南京、华盛顿、新德里、贝鲁特、吉隆坡等地，工作异常繁忙。尽管如此，他不忘初衷，挤出时间从事自己所喜爱的东方语言文化研究。他的研究兴趣很广，琴棋书画、小说戏曲无所不包，而且成果颇丰，几乎每隔一至两年就出版一本书。1941年由日本上智大学出版的《琴道》（*The Lore of the Chinese Lute*）是西方第一本系统介绍中国古琴的专著。在书中，高罗佩基于大量中国古代文献，对中国古琴的起源和特征、琴人的心境和原则、琴曲的意义和内涵、演奏的象征和意象，做了详尽的论述。而1944年在重庆出版的《明末义僧东皋禅师集刊》（*Collected Writings of the Ch'an Master Tung-kao, a Loyal Monk of the End of the Ming Period*），则是一部填补中国佛学史空白的开山之作。该书成书时间长达七年，期间高罗佩遍访中日名刹古寺、博物馆院，共觅得东皋禅师遗著和遗物三百余件。1958年，他耗时十余年完成的《书画鉴赏汇编》（*Chinese Pictorial Art as Viewed by the Connoisseur*）在罗马远东研究社出版。全书内容分两部分，前一部分泛论中日屋宇的式样、书画的悬挂方法以及装裱技术的衍变，后一部分讲述毛笔的构造、墨的制作、纸绢的特质、书画真赝的鉴别，堪称一部东方艺术鉴赏大全。

不过，高罗佩的最大学术成当属中国古代性文化研究。1949年，因日文版《迷宫谜案》的一幅裸体封面图，高罗佩开始对中国古代性文化进行研究。他广集史料，探幽索隐，费尽周折收集历朝历代春宫画册，又参阅了一系列的明末情色禁书，终于辑成了中国古代性文化的拓荒之作《秘戏图考》（*Erotic Colour Prints of the Ming Period*,1951）。在这之后，高罗佩继续中国古代性文化研究，且时有新的发现。适逢荷兰图书出版商建议撰写一部面向更多西方读者的中国古代性文化著作，于是他便有了洋洋数十万言的《中国古代房内考》（*Sexual Life in Ancient China*, 1961）的问世。相比《秘戏图考》，该书的社会文化史研究气息更浓，且内容上有增补，还更新了许多旧的译文，添加了许多新的引文；观点上有修正，尤其是强调爱情的高尚意义，反对过分突出纯肉欲之爱。直至今日，该书仍是东西方性学家了解中国古代性文化的重要参考文献。

三

正是对于中国历史文化的研究，让高罗佩发现了《武则天四大谜案》等中国公案小说的价值，并选择性地翻译、出版了《狄公断案精粹》。在“译者前言”中，高罗佩指出，多年来西方读者所理解的中国侦探小说，无论是厄尔·比格斯（Earl Biggers, 1884—1933）的“查理·张系列小说”（Charlie Chang series），还是萨克斯·罗默（Sax Rohmer, 1883—1959）的“傅满洲系列小说”（Fu Manchu series），其实都是“误判”。真正的中国侦探小说是如《武则天四大谜案》这样的中国公案小说。而公案小说早在1600年就已经存在，时间要比爱伦·坡“发明”侦探小说的年代，或者柯南·道尔（Conan Doyle，1859—1930）“打造”福尔摩斯的年代，早出几个世纪。公案小说多有特色，主题之丰富、情节之复杂、结构之缜密，即便是按照西方的标准，也毫不逊色。然而，由于一些文化传统的原因，迄今这类小说不为广大西方读者所知。他呼吁西方侦探小说作家应该关注这一被遗忘的角落，积极改写或创作以中国古代探案为主要内容的侦探小说。[①]鉴于和者甚寡，1950年，他尝试创作了以狄公为主角的《迷宫谜案》。

深厚的汉学修养以及对中国历史文化的痴迷，让高罗佩在创作这十

---

① *Celebrated Cases of Judge Dee: An Authentic Eighteenth Century Chinese DetectiveNovel,* Translated and with an Introduction and with notes by Robert van Gulik,Dover Publications, Inc, New York, 1976, pp. i–v.

六卷狄公案时有意无意地融入了较多的中国古代文化元素。“漆画屏风”“柳园图”“朝云观”“紫云寺”“红阁子”，这些关键词本身就是一幅幅色彩斑斓的风俗画，给西方读者以丰富的中国文化意象；而小说中的许多故事场景，如“迷宫”“花亭”“半月街”“桂园”“乐苑”“黑狐祠”“白娘娘庙”“罗县令府邸”，更无疑是生动的中国建筑大览。此外，还有许多与案情有关的关键物件，如竖琴、棋谱、毛笔、画轴、香炉、算盘、绢帕，也不啻一件件极其珍稀的古文物展示，勾起了西方读者对中国传统文化的无限向往。

当然，最值得一提的是，“狄公案”蕴含的道家思想。在《迷宫谜案》故事刚一开始，高罗佩就描绘了一个仙风道骨的太原府狄公后裔。他头戴黑纱高帽，身穿宽袖长袍，胸前白髯飘拂，举止谈吐不凡。正是他，讲述了狄公当年在兰坊县任上所破解的三桩命案。之后，故事套故事，小说中又出现了一个鹤发童颜、双唇丹红、目光敏锐的道家隐士，他于狄公断案百思不得其解之际指点迷津。由此，狄公锁定了倪氏财产争夺案的元凶。

显然，高罗佩在暗示读者，狄公之所以能屡破谜案，是因为有“高人”相助，而这“高人”并非别的，乃是他所信奉的“清静无为”“顺应天道”“逍遥齐物”的老庄哲学。事实上，现实生活中的高罗佩也是一个老庄哲学推崇者。在《琴道·后序》，高罗佩曾经谈到自己的抚琴体会，认为其秘诀在于遵循老子说的“去彼取此，蝉蜕尘埃之中，优游忽荒之表，亦取其适而已”①。之后，他进一步明确指出：“我认为道家思想对琴道衍变有决定性的优势，或者说，虽然琴道的产生及基本观念源于儒家，但内涵却是典型的道家。”此外，在《中国古代房内考》中

① Robert van Gulik. *The Lore of the Chinese Lute: An Essay in the Ideology of the Ch'in*. Sophia University, Tokyo, 1941, pp. xiii.

高罗佩也有类似的说法：“道家从自己与自然的原始力量和谐共处的信念中得出合理结论，并固定下来，称之为道。他们认为人类的大部分活动，都是人为的，只起到疏远人和自然的作用，由此产生非自然的、人工的人类社会以及家庭、国家、各种礼仪、专横的善恶区分。他们提倡回复到原始质朴，回复到一个长寿、幸福、没有善恶的黄金时代。”①

四

然而，高罗佩并非不分良莠、一味地融入中国古代文化元素。高罗佩曾总结了《武则天四大谜案》等中国古代公案小说的五大“弊病”。首先，小说伊始即介绍罪犯，细述犯罪的经过和动机，从而丧失了故事基本悬念。其次，崇尚神鬼等超自然力量，断案判官能潜入冥王地府与受害者对话，动物、炊具也能上法庭做证。再有，故事冗长，情节拖沓，动辄数十章，甚至数百章。再有，出场人物过多，难以分清主次、理清线索。最后，惩罚罪犯过分，残忍地诉诸暴力。②

高罗佩“狄公案小说”的整个谋篇布局，沿用西方古典式侦探小说的创作模式，并突出运用了许多行之有效的创作技巧；譬如采用阿加莎·克里斯蒂式的“高度悬疑”，几乎每卷都有这样的设置，典型的如《紫云寺谜案》；又或如柯南·道尔式的“科学探案”，这一技巧的运用集中体现在小说主要人物形象的提升和重塑上。在高罗佩的笔下，狄公已经不单是那个为政清廉、刚正不阿、体恤民生、只凭聪明才智断案的

---

① Robert van Gulik. *Sexual Life in Ancient China: A Preliminary Survey of ChineseSex and Society from Ca. 1500 B. C. till 1644 A. D.*Leiden, E. J. Brill, 1974, pp. 42–43.

② *Celebrated Cases of Judge Dee: An Authentic Eighteenth–Century Chinese DetectiveNovel*, Translated and with an Introduction and with notes by Robert van Gulik,Dover Publications, Inc, New York, 1976, pp. ii–iv.

青天大老爷，而是博学、勤政、亲民的“公务员”，是依靠仔细调查和缜密推理破案的“科学”神探。他手下的几个随从，马荣、乔泰、陶干和洪亮，也一改“四肢发达、头脑简单”的性格描写窠臼，变成有血有肉、智勇兼备的破案搭档。作为一县之长，狄公不但熟悉辖区具体政务，还擅长同各种各样的人打交道，了解他们的喜怒哀乐和实际需求。他深谙犯罪心理学，勤于现场勘查，善于从蛛丝马迹中寻找破案线索，并层层剥茧抽丝，缜密推理。在《漆画屏风谜案》第五章，高罗佩以十分细腻的笔触，描述了狄公如何在沼泽地查看一具女尸的情景：

> 狄公重新掀开裹盖女尸的袍服。除了那袍服外，女尸一丝不挂，一把短剑从左侧乳房直插胸部，露出剑柄。剑柄周围有一摊干涸的血。他细看那剑柄，发现质地为白银，上面镂刻了美丽的花纹，不过年代已久，呈现出黑色。他断定，这把短剑是一件稀世古董，只因那个乞丐不识货，在盗窃耳环和手镯的时候，没有将它拔出带走。他摸了摸那乳房，表面冷而黏湿，接着又抬起她的一只胳膊，觉得还有弹性。看来，这个女人被害的时间不过几个时辰。他想着，这安详的神态、简便的发型、裸露的胴体、赤裸的双脚，都说明她是在床上熟睡时被害的。①

这段描写，与柯南·道尔在《巴斯克维尔的猎犬》中描述福尔摩斯现场勘查爵士死因简直有异曲同工之妙。不过，高罗佩没有无限拔高狄公，而是描写他有时也会被假象所蒙蔽，也会因怀疑自己判断有误而心虚。此外，他还有七情六欲，不但娶有三房夫人，还看见美丽、善良的女人

① Robert van Gulik. *The Lacquer Screen: a Chinese Detective Story*. The Universityof Chicago Press, Chicago, 1992, p. 52.

就动心。《铁针谜案》中暗恋郭夫人便是一例。

再如约翰·卡尔的“密室谋杀”。所谓密室谋杀，是指罪犯在一个完全封闭、看似无法出入的空间环境内所实施的谋杀，往往产生一种独特的惊悚、神秘的效果。高罗佩似乎谙于这一技巧，在大部分“谜案”中都有展示。《红阁子谜案》中的举人李琏和花魁娘子秋月先后“自杀”，显然是一种密室谋杀，因为两人均死在卧室，房门紧锁；而《朝云观谜案》中的前任住持玉镜“讲道时突然仙逝”，也是与密室谋杀不无联系，因为众目睽睽之下，凶手没有任何作案机会。

立足西方古典式侦探小说创作模式，选择性融入中国古代文化元素，一切以故事情节生动为准则，高罗佩的十六卷“狄公案小说”就是这样成为早期西方历史侦探小说的成功范例，同时也赢得世界千千万万读者的青睐。

黄禄善

2017年10月26日

2020年12月1日修订

黄禄善，上海大学外国语学院教授，上海作家协会会员、上海翻译家协会理事，英国皇家特许语言家学会中国分会副会长。译有《美国的悲剧》等十部英美长篇小说，主编过八套大中小外国文学丛书，其中由长江文艺出版社、花城出版社出版的“世界文学名著典藏”（精装豪华本）近二百卷。

蓬莱全图

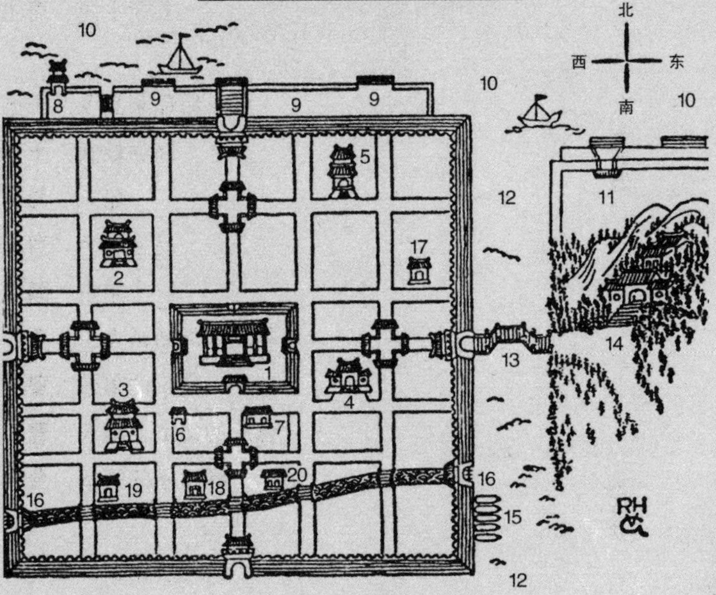

1. 县衙
2. 孔庙
3. 关帝庙
4. 城隍庙
5. 鼓楼
6. 九华园酒店
7. 客栈
8. 水轩居
9. 码头
10. 河
11. 高丽小城
12. 涧河
13. 绛桥
14. 白云寺
15. 花船
16. 水门
17. 曹氏城中旧宅
18. 易鹏宅
19. 顾孟平宅
20. 酒楼

主要人物

新任蓬莱县令　狄仁杰
参军　洪　亮
随从　马　荣
随从　乔　泰
县衙主簿　唐主簿

原蓬莱县令　王德华
高丽妓女　玉　秀
船东　易　鹏
易家管事　薄　凯
船东　顾孟平
顾孟平的新婚妻子　曹　氏
曹氏的弟弟　曹　明
曹氏的父亲，举人　曹和贤
顾孟平的管事　金　尚

县衙录事　樊　忠
樊仲的侍从　吴　山
樊家佃户　裴　九
裴九的女儿　裴素娘
流浪汉　阿　康

白云寺住持　海　云
白云寺监院　慧　鹏
白云寺僧人　智　海

目录

一　悲欢楼老友伤离别
河南道狄公遇劫匪　/ 1
二　狄公持剑力战劫匪
握手言欢同赴蓬莱　/ 9
三　入县衙主簿述详情
探私邸狄公遇鬼魂　/ 21
四　勘现场狄公查凶案
查究竟铜炉现端倪　/ 31
五　九华园二随从吃请
隔河望见诡异谋杀　/ 41
六　醉酒诗人作诗吟月
乔泰花船巧逢玉秀　/ 49
七　听奇遇狄公得漆盒
探奇案夜访白云寺　/ 61
八　新妇走失船主报官
曹樊相会狄公顿悟　/ 73
九　探田庄狄公诘嫌犯
察异状桑园勘现场　/ 85

十　访曹宅举人弄玄虚
勘案情狄公悟玄机　/ 99
十一　白云寺狄公会住持
顾孟平凭栏诉隐情　/ 111
十二　搜破庙阿康吐实情
勘横梁油漆匠失踪　/ 123
十三　马乔二人乘船出游
情人相会却生意外　/ 135
十四　谋杀未遂狄公析案
失踪新妇公堂现身　/ 145
十五　奇女子堂上吐真情
唐主簿临终诉隐情　/ 153
十六　访薄凯酒保道详情
听戏文狄公受启发　/ 171
十七　白云寺佛像开光礼
露金身狄公识真凶　/ 183
十八　谈笑间狄公揭谜案
王元德从容现真身　/ 193

一

悲欢楼老友伤离别 河南道秋公遇劫匪

诗曰：

世界瞬息万变，人有悲欢离合；
官场起起伏伏，正义永存人间。

悲欢楼顶楼，三名男子眺望着京城北门外的官道，默默饮酒。自人们记得，这座三层酒楼便建在松坞之上，一直是京城官员饯行、接风洗尘之所在。正如其正门所题之小诗所述，小楼因其所承之悲欢寓意而得名。

天阴沉沉的，春雨似绵绵不休。山冈后面的墓地里有两个干活的人，此时也躲到老松树下，挤挨在一处避雨。

三位老友简单吃罢午饭。临别之际，三人心情复杂，都不知该说些什么。这三人皆三十岁上下，送行的两位头戴锦帽，乃京城大员，即将赴任的这位头戴乌纱，是新任的蓬莱县令。

梁主簿重重地放下酒杯，略显暴躁地对那位蓬莱县令说道："狄兄，我本不该多言，但实在是想不明白。你本已官至大理评事，不日便可官比侯兄。我等三人本可于京城继续把酒言欢，但你……"

狄公一直烦躁地捋着他那黑漆漆的长胡子，此时突然打断道："此事不必再提，我……"他顿了顿，歉然一笑道，"我已多次言明，此等卷宗文书类差事，我早已厌倦！"

"若是如此，狄兄亦大可不必离开京城到地方去。"梁主簿接着又道，"难道京城之中就没有让狄兄感兴趣的案件？户部度支郎中王元德杀害身边随属，私盗三十根国库金条潜逃一案，狄兄莫非也毫无兴趣？我们侯兄的叔父户部尚书侯光世伯，日日去大理寺催问此案，侯兄可知一二？"

身着大理丞官服的侯钧听罢，不禁面露难色。他迟疑片刻，答道："关于这个无赖，目前尚无任何线索。狄兄，此案扑朔迷离，倒是颇耐人寻味！"

"二位心知肚明，"狄公漠然说道，"此案现由大理正卿亲自审理，我等只能查阅卷宗，并不能插手此案。"

说罢，他取过锡壶，斟满酒杯。三人沉默片刻，梁主簿开口

悲欢楼老友话别（高罗佩　绘）

又道：

"狄兄本可另觅个好地方外任，何苦远赴蓬莱！要知道那蓬莱县近海，阴雨连绵，气候湿寒，自古以来便有鬼怪之说，狄兄难道不知？相传，每逢夜晚有暴风雨，死尸便会爬出坟墓，海上亦有怪影在薄雾中若隐若现。甚至有传言说，当地丛林之中有野人出没。况且，狄兄此去便得接手前任蓬莱县令被杀一案。明智之人避之唯恐不及，唯狄兄竟主动请缨！"

狄公并未听他说了些什么，只急切地说道："梁兄你想，我一上任便可接手一桩悬案，得以即刻摆脱那些枯燥乏味的文书和干巴巴的说教。二位兄台，此后我便可以跟百姓，切切实实跟百姓打交道了。"

"狄兄切莫高兴太早，前任县令之死尚未查明，狄兄此去责任重大。"侯钧严肃地说道，"据此前派去蓬莱的官员回报，说尚未找到此案真凶，相关作案动机至今亦毫无线索。况且我早已跟狄兄说过，大理寺有关此案的卷宗也已不翼而飞了。"

"这背后之深意，"梁主簿马上接过话茬，"你我心知肚明！前任蓬莱县令之死势必牵涉朝中权贵，狄兄此去恐生出祸端，无端被卷进朝中的争斗之中！狄兄考绩甚佳，未来定能在京中干出一番大事业，怎可自甘委屈，去那蓬莱荒僻之地！"

"狄兄，还请三思！"侯钧恳言道，"此事尚有回旋余地。你大可谎称身体突然抱恙，告假十日，如此朝廷便会另派他人前往蓬莱。我句句肺腑，务必听我一声劝。"

狄公见老友侯钧如此诚挚，颇为感动。两人相识不过一载，但侯钧为人真诚，且能力超群，令狄公十分钦佩。他端起酒杯一饮而尽，随即起身。

“二位兄台之关切，狄某感激不尽，定将铭记在心。”狄公微笑着言道，“二位所言极是，继续留在京城，更利于狄某之仕途，但赴任蓬莱乃小弟心之所向。梁兄适才提及考绩一事，于我而言，乃分内之事，并非我之志向。再说，常年在大理寺处理卷宗文书，我也早已厌倦。我必须向自己证明，我狄仁杰上可辅佐君王，下可造福百姓。因此，蓬莱县令一职，才是我狄某仕途的开始！”

“也可能是结束。”侯钧咕哝着说道。他起身走向窗边，见两个筑墓人已然离开避雨的大树，继续挖土筑坟去了。侯钧脸色苍白，飞快地瞥了一眼，随即回身嘶哑着声音说道：“雨停了。”

“那我也该启程了！”狄公高声说道。

三位老友一同走下狭窄、曲折的楼梯。

悲欢楼下，一位老者正牵着两匹马候在院子里。店小二斟了三杯饯行酒，三位老友一饮而尽，互道珍重。狄公纵身一跃，骑上马背，灰胡子老人也随即骑上另一匹马。狄公挥鞭告别，二人遂策马上了官道。

梁主簿、侯钧目送狄公二人离开，侯钧面色忧虑，对梁主簿道：“有一事我未告知狄兄。今早我从一蓬莱人士口中得知，当地传言说，有人亲眼看见前任县令的冤魂在公堂之上游走。”

两天后，临近正午时分，狄公与自己的随从到了河南道境内。两人在驿站吃罢午饭，换了马匹，继续策马向东，奔赴蓬莱。一路上山路崎岖，树木繁盛。

狄公穿了一身棕色便服，将官服等一应私人物品放在两个鞍囊之中。此次赴任，狄公轻装简行，想的是先在蓬莱安顿下来，然后将两位夫人和孩子一并接来，届时再安排马车将其他仆从及行李一起运来。老随从洪亮负责保管两件贵重物品，一是狄公传家的雨龙剑，二是一册断案古籍，古籍留白处记满笔记，乃狄公父亲任宰相时亲笔所记。

当年在原籍并州太原时，洪亮便服侍狄公，是狄府的老人。后来狄公入朝为官，在京城有了府邸，忠诚的洪亮也便一直跟着他。洪亮乃狄公心腹，同时协理府中大小事务，是狄公的得力助手。如今狄公初次外任蓬莱，洪亮执意随行。

狄公按辔徐行，回身对洪亮说道："洪亮，只要天气一直晴好，我们今晚便可到达兖州边境，明天早晨上路，下午便可抵达蓬莱。"

洪亮点头称是。

"到了兖州，大人可请兖州刺史派一名信差先去蓬莱，将我等行程告知蓬莱县衙，并且……"

"洪亮，切不可如此行事！"狄公马上打断道，"前任县令被杀后，蓬莱县主簿暂管县衙事务，他知道我已获任命，这便足矣。我想悄无声息地进入蓬莱境内！此前之所以婉拒道界府兵派兵护送，也是此意。"

洪亮默不作声，狄公继续说道：

“我仔细研读过前任县令被杀一案的卷宗，但其中最重要的证据，即在死者书房搜出的私人书信却不知所踪。派去蓬莱调查此案的官员本已将那些书信带回京城，不承想却被人偷了。”

“调查此案的官员为何只在蓬莱停留了三日？”洪亮关切地问道，“谋害朝廷命官绝非小事，按理说，他本应在案件上多花点时间，可他连作案的手段和作案动机都没调查清楚便匆匆返回京城复命了，实在奇怪。”

狄公点了点头，应道：

“此案疑点甚多，此其一也。查案的官员只说王县令是在书房中惨遭毒杀，毒药乃是蛇树根磨成的粉。至于凶手如何下毒，则无从知晓，凶手身份及其作案动机更是毫无线索！”

顿了片刻，狄公继续说道：“一获任命，我便立刻去了大理寺，想着拜访一下那位查案的官员，可他已被调往南方任职。他的手下将剩下的卷宗交给我，说那位官员并未向他提及此案，卷宗上也没有他的笔记，更未就此案的审理跟他交代过什么。因此，洪亮，我们不得不从头开始调查此案。”

洪亮没有搭腔。与狄公不同，他对此案并没有多大的兴致。他们继续赶路，一路无语。不知从何时起，一路上两人再未碰到什么人。不知不觉，他们来到了荒郊野外，道路两旁到处都是高大的树木和繁茂的灌木丛。行至一拐弯处，突然两个大汉骑马从旁边一条小路上冲了出来。他们衣衫破旧，头发上裹着脏兮兮的蓝头巾。其中一人对着两人双手搭弓，另一人则拿着剑一边往上靠，一边大吼道：

“当官的，快快下马！我们感你和那老人的恩情！”

二

狄公持剑力战劫匪　握手言欢同赴蓬莱

洪亮即刻回身拔出雨龙剑，正待递给狄公，不承想一支箭从他耳边擦过。

射箭之人高声叫道："老家伙，别轻举妄动，否则我一箭刺穿你的喉咙。"

狄公一看情势，心中恼恨。他咬了咬嘴唇，知道自己已无路可退。他万分后悔，心中暗骂自己没有接受道界府兵护卫的要求。

"速速下马。"持剑贼人咆哮道："上天保佑，我二人乃绿林好汉，定会让尔等终生难忘。"

狄公一边下马，一边嘲讽地说道：“好一个绿林好汉，光天化日之下偷袭手无寸铁之人，尔等跟马贼有何不同。”

那贼人手中持剑，以迅雷不及掩耳之势下马逼近狄公。此贼高出狄公约有一寸，宽肩粗颈，显是孔武有力之人。他满面怒容，愤怒地对着狄公叫道：“狗官，你敢侮辱我！”

狄公气得满脸通红，对洪亮说道：“把剑给我”。

那射箭的贼人立刻逼近洪亮，威胁狄公道：“闭嘴，照我说的做。”

“拿剑来，”狄公大叫道：“先让我先把这个混蛋干掉，再来和你较量。”

持剑的大个子贼人突然大笑起来。他放下剑，对他的同伙说道：“老兄，何不跟这长胡子的家伙耍耍，且让他拿着剑，不把他砍成碎片想他也不知道我们的厉害。”

射箭的贼人若有所思地看了看狄公，然后对自己的同伙说道：“没时间耍了，你我须得上马离开此地。”

狄公轻蔑地说道：“果不出我所料，满嘴狂言，胆小如鼠。”

大个子贼人一听此言，咒骂着从洪亮手里夺过雨龙剑递给狄公。狄公立刻接过雨龙剑，脱掉长袍，把长胡子打好结甩到脖后，拔剑对大个子贼人道：“不论结果如何，且放我那老随从一条生路！”

那厮点了点头，紧接着一剑直刺狄公心脏而来。好在狄公身手敏捷，轻松闪过，随即快速使了几招，逼得那厮连连后退，气喘不止。那厮不敢怠慢，谨慎应对，洪亮和那射箭的贼人则在一

遇劫匪雨龙显神威（高罗佩　绘）

旁观战。几个回合下来，那斯的实力，狄公已了然于心。想这贼人平日苦练，只可惜未得习剑之法，剑式毫无章法可言。而他狄某人平日苦练剑术，自是略胜一筹。不过，此人身强体壮，有勇有谋，数次引狄公至路旁那凹凸之地，致使狄公不得不分心脚下。此乃狄公首次与人仗剑相斗，个中快意乃往日不能得。狄公心想，不消几个回合便可伺机将其制服。那贼人所持乃寻常的宝剑，自是无法与雨龙剑相匹敌。格挡之际，那斯手里的宝剑突然断作了两截。

就在那斯手持断剑目瞪口呆之际，狄公回身对另一个贼人大叫道：

“到你了，放马过来吧！”

射箭那斯从马上一跃而下，脱去马褂，将衣角扎进裤带，准备迎战。适才观战之时，他便已看出狄公是使剑高手。两人没过几招，狄公便已觉察出此人并非泛泛之辈，招招滴水不漏，丝毫不给他可乘之机。狄公兴致大好，方才那一战已让他初试身手，此时更觉得心应手，恍若人剑合一。狄公随即使了一套复杂的剑法，那斯被逼得连连后退，遂赶忙出招应对。那斯人高马大，却步伐轻盈。狄公雨龙剑虚晃一招，遂舞剑频频快攻，逐一封住那斯剑式，紧接着一剑直刺那斯咽喉。待几近刺至那斯咽喉之处，那斯却毫无惧色，很快闪过，伺机再行进攻。

突然，周围叮当作响，二十来名骑兵出现在拐弯处。他们全副武装，手持弓弩剑枪，迅速包围了狄公四个。

“何人在此闹事？”领头的高声问话。只见此人身披铠甲、头戴钢盔、手持尖枪，自称是巡山的府兵校尉。

狄公正打得起劲，突然被人打断，颇觉得有些扫兴，遂不屑地回他道：“我乃新任蓬莱县令狄仁杰。这三位是我的侍从，一路舟车劳顿，我等正在切磋武艺，舒展筋骨。”

那人将信将疑，说道：

“大人，可否出示官凭文书。”

狄公从鞍囊中掏出官凭文书递给校尉，校尉很快翻阅一下递给狄公，并深施一礼。

校尉面有疑惑，说道：“不知大人身份，适才多有冒犯，望大人恕罪。我们接到消息说此处有劫匪出没，在下才不得不小心行事。大人此去，务必当心！”

校尉令手下继续巡山，一众人马遂疾驰而去。待府兵离去，狄公遂又举起雨龙剑。

“再来！”说着，他一剑刺向了射箭那厮的胸膛。那厮闪过，将自己手中宝剑一收，粗声粗气地说道：

“大人，你且赶路去吧，有大人这样的官员，实乃大唐之幸。”

他向同伴打了个手势，两人遂飞身上马。狄公将雨龙剑递给洪亮，穿上长袍，说道：

“我收回刚才的话，两位确实是好汉。不过，长此以往，你二人恐与那贼人一般，落得个身首异处的下场。据报，大唐与北方蛮夷的战事正吃紧，军队正需要你们这样的人才，何不放下往日恩怨，为国效力！”

射箭那厮飞快地瞟了狄公一眼，平静地说道：

“大人，那剑还是随身带在自己身上的好，以防再被人打个措手不及。说罢，”他掉转马头，两人遂消失在树林之中。

狄公从洪亮手中取回雨龙剑，背在自己身上。洪亮会心地说道：“大人，你已给他们指了一条明路，只是不知这二人是何来历。”

狄公答道：“一般来说，都是或有仇怨或有不满之人才愿落草为寇，但这些人只行劫富济贫之事。他们自认勇猛，遂对外自称‘绿林好汉’。洪亮，此战快意非常，只是耽搁了行程，我们须得快点赶路了。”

傍晚，狄公二人来到兖州，在城门守卫的带领下到城里的驿站投宿。狄公要了一间二楼的客房，随即吩咐小二送来一桌好菜。长途跋涉，他早已饥肠辘辘。

吃罢晚饭，洪亮给狄公沏了一杯热茶。狄公凭窗而坐，只见窗外驿站门口持枪的骑兵和步兵来来往往，甚是热闹。灯光下，兵士的盔甲显得分外耀眼。

此时突然有人敲门，狄公回身见是两个大高个走了进来。

他惊呼道：“我的天！怎么是你们？”

这二人笨拙地给狄公躬身施礼。他们还是穿着之前的马褂，不过此时头上多了顶猎帽。大个子说道：“大人，今日下午你对那骑兵校尉说我们是你的侍从，大人身为县令，自是不可拿话哄人的。我兄弟二人商议过了，决意追随大人左右。若蒙不弃，我等愿效忠大人。”

狄公有些惊讶，另一人赶忙说道："大人，我等虽不懂公堂断案之事，但一切事宜全凭大人差遣，只盼能做点粗活为您分忧。"

"二位请坐，不妨跟本县说说二位的经历。"狄公说罢，两人遂坐在脚凳上。大个子双手握拳，往膝盖上一放，清了清嗓子，说道：

"在下马荣，江苏人氏，家父曾经营一艘货船，我为他帮工。因我长得壮实，且热爱习武，父亲便将我送到了一位拳脚功夫了得的师傅那里。师傅不仅授我武功，还教我读书写字，望我来日能在军中出人头地。世事无常，父亲不久离世。因为之前欠下不少债务，我不得不卖掉货船抵债，后来便做了当地县令的贴身护卫，为他效命。没过多久，我发现县令为人残暴贪腐，卑鄙下流。他严刑逼供一个寡妇，屈打成招，并立下假口供，夺其财物。我见不惯这等官员的行事作风，便与他起了争执。他恼羞成怒，想跟我动手，我便一把将其撂倒。之后，我不得不亡命天涯，做起了劫匪。但我以亡父之名起誓，我等从未滥杀无辜，并且只劫富人之财。我兄弟二人皆是如此，大人尽可放心。"

狄公点了点头，然后疑惑地望向另一个人。此人轮廓分明，高鼻薄唇。只见他拨弄着自己的小胡子，说道："在下乔泰，其实并不姓乔，是望族之后，只因朝中权宦设计陷害我那些兄弟，并致使他们丢了性命。此后，那混蛋权宦便销声匿迹。我将那混蛋的罪行上报朝廷，谁知他们竟置之不理。无奈之下，我浪迹天涯，遂沦为贼寇，只盼有朝一日能找到此人，杀之而后快。从未劫掠过穷人，我的剑也未染过无辜者的鲜血。我愿效忠大人，但有一个条件。那便是一旦找到那混蛋，大人能准我离去。我曾对那些兄弟的亡魂立誓，再见那人一定要亲手砍下其头颅喂狗。”

狄公捋了捋两腮的胡子，仔细打量着眼前的两个人，说道：“本县接受你们的请求，包括乔泰的条件，但前提是如果找到此人，必须先交由本县处置。本县会依律处置。你二人可与我先去蓬莱，至于是否任用，日后再看。如若不成，我亦会如实相告，到时你二人亦须依诺马上到北方从军。你们跟着我，可能会出人头地，但也可能随时一无所有。”

乔泰面露喜色，激动地说道：“非胜即败！谨遵大人教诲。”

他起身下跪，向狄公行跪拜之礼，马荣亦如乔泰一般，三拜九叩。

待二人起身，狄公说道：

“这位是本县的随从洪亮，你二人协同他一起办事即可。此次出任蓬莱县令，是本县首次外任，对于衙门之人事亦是一概不知。按照惯例，文吏、班头、守卫等人事应该是从当地百姓中征募。听闻蓬莱近日来频有怪事发生，只是不知是否与衙门人事相干。本县身边需要可信任之人，今后你们三位就是我的耳目。小二，拿壶酒来！”

他们各斟了一杯酒，狄公挨个敬过。三人一饮而尽，亦祝狄公身体康健，马到成功。

次日清晨，狄公一下楼便发现三人已在院中等候。显然，马荣、乔泰二人已到集市上买了新衣，皆身穿棕色长袍，束着黑色腰带，戴着黑色的弁帽，凑了一套衙门当差的行头。

洪亮说道：“大人，天色阴沉，怕是要下雨了。”

“我已将草帽绑在了马鞍上，路上可以用来遮雨。”马荣说道。

四人上马，从东门出城上了官道。行了数里，官道上往来行旅甚多，随后便日渐稀少。行至一空旷山地，他们见对面有一人骑马疾驰而过，身后拴着的两匹马紧紧跟随。马荣扫了一眼，说道：“好马！我喜欢那匹烈马。”

“那人不该将那盒子放在马鞍上，容易惹祸上身！”乔泰插了一嘴。

“何出此言？”洪亮问道。

“在这种地方，那些红皮盒子都是收租人用来装银钞的，聪明人都将它藏在鞍囊之中。”乔泰解释道。

“那家伙似乎是急着赶路。”狄公随口说了一句。

时至午时，他们翻越最后一道山岭时，大雨倾盆而至，众人赶忙跑到路旁高地上的一棵大树下避雨。四人俯瞰山下肥沃繁茂的半岛，知道那便是蓬莱县城。

正当众人吃干粮充饥之时，马荣饶有兴致地讲起了他与村姑的风流韵事。狄公虽对此等事毫无兴趣，却不得不承认马荣确在这方面幽默得紧。他那故事讲得惟妙惟肖，十分有趣。讲完一个，他意犹未尽，打算再讲一个。狄公打断他道：“听说此地有老虎出没，我本以为老虎喜欢更干旱的地方。”

一直默默倾听的乔泰开口说道："大人，这不好说。老虎一般在林木繁盛的高地活动，但嗅到人类的气息，也会在平原出没，说不定我们还能在那儿打到老虎呢！"

"野人的传言又是怎么回事？"狄公问道。

马荣心神不宁地望了一眼身后黑漆漆的森林，说了句："这倒是闻所未闻！"

"大人，可否借宝剑一看？依在下看，大人此剑似是一柄上乘古剑。"乔泰说道。

狄公将剑递给他，说道："此剑名唤雨龙。"

"莫非这就是传说中的雨龙剑！"乔泰欣喜地大叫道，"谈起此剑，天下剑士无不心生敬畏。雨龙剑乃是三百年前最好的铸剑师三指所铸，是他铸的最后一柄剑，也是最好的一柄。"

"相传，三指大师八次铸剑不成，便对河神起誓，只要成功铸成此剑，便以挚爱的妻子祭神。第九次，他真的如愿以偿铸成此剑。那夜，他在河边用此剑砍下了妻子的头颅。当时狂风暴雨，电闪雷鸣，三指大师不幸被雷劈中，意外离世。三指和他妻子的尸体一同被汹涌的波涛卷走。两百年来，此剑作为传家宝，在狄家长房代代相传。"

乔泰用领巾掩住口鼻，以防自己的浊气熏染了剑刃。他把剑抽出剑鞘，虔诚地用双手举着，只见其色泽暗绿，刃如发丝，无丝毫裂痕。乔泰目光如炬，说道："如果注定要死在剑下，我希望能死于此剑之下。"

他深鞠一躬，遂将雨龙剑还给狄公。雨势渐小，众人再次上马，纵马下山。

从平原望过去，他们见路边竖着一根石柱，那便是蓬莱县境了。此时薄雾笼罩，眼前景物并不十分清晰，但狄公依然觉出此地风景优美。从今日起，这里便是自己的任所了。

狄公一行人步履轻快，下午晚些时候便到了薄雾迷蒙的蓬莱城。

三

入县衙主簿述详情 探私邸狄公遇鬼魂

狄公一行四人离蓬莱城西门越来越近，乔泰见蓬莱城城墙低矮，城门简陋，仅有两层楼高，不免颇有微词。

狄公说：“从地图上看，蓬莱城自有天然的屏障。此城建于河的上游，离城九里便有一条颇为开阔的支流汇入。河口处有一坚固要塞，由府兵把守，检查过往船只。几年前，我朝与高丽国交战，要塞驻军成功阻击高丽船队进入我大唐水域。河的北面皆悬崖峭壁，南面乃一片沼泽，蓬莱作为此处唯一的良港，成为我朝与高丽、倭国贸易的中心。”

洪亮补充道：“在京城时，我亦曾听人说起，此地多有高丽人落户，尤其是船员、船匠与和尚。他们多聚居在蓬莱城东唤作高丽小城的地方，附近有一座颇有名气的寺庙。”

乔泰对马荣打趣道：“如此你可寻一高丽女子为妻，又可到那寺庙里拜佛赎罪。”

说笑间，两名全副武装的守城兵士打开城门，四人遂沿着熙熙攘攘的市场大街往前继续骑行，一直来到蓬莱县衙高墙外。众人顺着高墙来到县衙正门，只见几个衙役正坐在衙门铜锣下的长凳上。

看到狄公一行过来，衙役们赶紧起身行礼。但洪亮注意到，几个人意味深长地互相对视了一眼。

一名衙役带着众人来到中庭对面的衙门执事房，见一老吏正领着四个文吏奋笔疾书。老吏蓄着灰白短须，显得颇为憔悴。

老吏匆匆迎上前来，结结巴巴地自称姓唐，是蓬莱县衙主簿，暂时主理县衙事务。

他紧张地又道：“下官深表歉意，竟不知大人已然到了蓬莱，未及提早迎候，为大人接风洗尘……”

狄公打断他，道：“本县以为，河南道之驿站应早将本县之行程通禀县衙，此中定是出了纰漏。本县既已到了县衙，尔等且带本县去县衙大堂。”

唐主簿带狄公一行来到宽敞的县衙大堂。只见大堂打扫得干干净净，县令审案时所坐的太师椅上铺着红色的锦缎，太师椅后面的墙上挂着一副业已褪色的紫色丝绸帷幔，上面用金线绣着象征敏锐睿智的獬豸。

众人掀起帷幔，出了大堂，穿过狭窄的走廊，来到县令的二堂。与大堂一样，二堂布置得井井有条，书案上纤尘不染，墙面粉刷一新，靠墙的躺椅上铺着墨绿色的锦缎褥垫。狄公瞥了一眼二堂旁的档案室，径直往后来到正对着客堂的第二进院落。唐主簿忧虑地向狄公解释，自从京城查案的官员离开后，客堂便再未有人进去过，客堂内陈设凌乱，桌椅板凳四处丢弃。唐主簿说话时神色不安，满脸尴尬。狄公不禁心生疑窦。

不过，狄公并没有表现出疑惑。他宽慰唐主簿道："你把一切都打理得井井有条。"唐主簿向狄公躬身施礼，嗫嚅地说道："大人，下官有幸在蓬莱县衙当差，已有四十载。自在县衙当差以来，下官便要求自己，务必打理妥当，诸事妥帖。这些年来，蓬莱县衙皆事事顺畅，奈何如今事故频出。"

唐主簿说着，声音越来越低，遂赶忙打开客堂大门。

一行人在客堂中央的桌前站定，唐主簿毕恭毕敬地拿出县衙官印呈给狄公。狄公仔细查验印鉴后，遂在文书上签字确认。现在，他正式接管蓬莱县境。

狄公捋着胡须说道："前任县令被杀一案是本县上任后要处理的头等大事。当然，本县也会择机会见本地的乡绅名士，处理必要的庶务。至于今日，本县要约见衙内诸人以及县境内的四个里正。"

唐主簿回道："大人，蓬莱共有五个区，其中一个是高丽人的聚居区，有专人管辖。"

狄公问："此人是我大唐子民还是高丽人？"

唐主簿回答："此人是高丽人，但他会说我朝语言。"他掩嘴咳了几声，继续说道："大人，此事颇为特殊，刺史大人允高丽小城实行半自治，由那高丽人里正负责其高丽小城内的安全，如非获邀，县衙人等不得擅自进入。"

闻听此言，狄公不禁喃喃自语道："此事委实不同寻常。本县将择日前往小城巡查。目下请将衙内诸人唤至大堂，本县须到二堂看看，亦可舒缓舒缓。"

唐主簿看上去颇为尴尬。他犹豫片刻，回道："大人，前任县令去年夏天方才把私邸粉刷一新，但他用过的家具和衣物等仍放在私邸。前任王县令没有家眷，家中只有一个胞弟。然而，自他出事之后，我等多方寻找而不得，无奈之下只能将这些东西仍放在原处。王县令离世后，之前的仆从亦悉数离开了县衙。"

狄公颇为震惊，问道："那么，京城来查案的官员住在何处？"

"狄大人，京城来的大人就在二堂的长榻上歇息。"唐主簿颇为不悦地答道，"也在二堂用饭。下官知道，如此安排实在有失体统。但奈何王县令的胞弟一直没有音讯，下官也不得不……"

"此事不要放在心上。"狄公马上说道，"此案未破之前，本县决意不会接家眷、仆从到蓬莱来。既如此，本县先去二堂更衣，你且带本县的手下去他们的住处。"

"大人，"唐主簿殷勤地答道，"县衙对面有一处极好的客栈，下官和贱内也住在客栈内，大人的随从何不也……"

"这样做恐怕不合规矩吧。"狄公冷冷打断他，"唐主簿，你为何不住在县衙？你是县衙的老人了，应该知道衙门里的规矩呀？"

唐主簿慌忙解释道："大人，下官原本住在客堂后面楼上的房里，但那里年久失修，屋顶漏雨，故而临时寄居在客栈内。"

狄公打断他："如此尚可，但本县的三个随从必须住在县衙，你且去县衙值房内为他们安排住处。"

唐主簿躬身施礼，遂带着马荣、乔泰出了二堂。洪亮随狄公回到二堂，帮狄公换上官服，并沏好茶。狄公一边用热毛巾擦脸，一边说道："洪亮，那唐主簿言行颇为怪异，你怎么看？"

洪亮回答说："此人似乎颇为挑剔。他未料到我等会突然来到蓬莱，我想是这件事让他颇为恼火。"狄公沉思片刻，说道："非也，我倒觉得他对县衙里的什么东西非常恐惧。这才是他搬出县衙住在客栈的真正原因。好吧，我们迟早会查出原委的。"

唐主簿进来回禀，说县衙诸人皆已在大堂等候。狄公摘下方巾，戴上官帽，遂步入大堂，洪亮、唐主簿紧随其后。

大堂之上，狄公在太师椅上坐定，示意马荣、乔泰分立两侧护卫。

狄公与众人客套几句，唐主簿逐一介绍堂下跪着的四十余名县衙官差。狄公注意到，县衙官差都穿着整洁的蓝色官服，士卒的盔甲和头盔都擦得铮亮。众人看上去皆精神抖擞，唯一令他不悦的是班头，一副冷酷无情的样子。不过，狄公很快意识到，当班头的往往都是这样的人，须严加管束方可。仵作沈大夫看上去已上了年纪，倒是颇为睿智威严。唐主簿低声说道，他是本地最好的大夫，为人十分正派。

点卯已毕，狄公命洪亮为县衙参军，负责衙内的日常事务，命马荣、乔泰为县尉，总领衙内衙役、侍卫，负责衙内法纪、衙门护卫及监牢。

狄公回到二堂，让马荣、乔泰去县衙门房、监牢巡视，并叮嘱道：“你们须得带领衙役、守卫仔细操练，如此亦能与他们熟悉熟悉，了解各人秉性。然后，你们再到城里四处走走。我本也想出去看看，但今晚须得先把前任县令被杀一案理出头绪来。你们先去，晚间再来回我。”

二堂内仅剩狄公、洪亮，唐主簿带着一个仆役拿着两个烛台进来。狄公吩咐唐主簿坐在洪亮旁边。仆役在桌上摆好烛台，遂无声退下。

狄公说道：“方才大堂之上，本县见名录上的录事樊忠没有来，他可是抱恙在家?”唐主簿一拍额头，结结巴巴地说道：“下官本想早早向大人禀告的，可实在担心樊忠。月初时他来告假，说是前往登州府。他本该昨日回来销假，但一直也没有现身。下官曾派衙役去他在城西的田庄查问。据田庄的佃户说，樊忠和他的仆人昨天上午就回来了，可午间时又离开了。这实在是奇怪。樊忠做事干练，平日十分守时。下官不知道究竟发生了什么事。他……”

狄公不耐烦地打断道：“莫非是被老虎吃了。”

“不，大人，”唐主簿哭了起来，“不，不是那样的。”他的脸色突然黯然，烛光下，瞪大的双目中满是惊恐。

“不必如此惊慌，唐主簿!”狄公有点恼火地说道：“前任县令在县衙遇害，这的确让人不安，但此事已过去半月，你因何如此惊惧?”

唐主簿擦了擦额上的汗水。

“恕下官失礼。”他喃喃说道:“七八天前,有一农户在林中遇害,喉咙被撕破,浑身是伤。此地定是有食人怪兽。为此,下官最近是彻夜难眠。请大人原谅……”

狄公说道:“本县的两位侍从都是好猎手,不日便派他们去捕杀那老虎。且给本县沏杯热茶来,咱们商议正事。”

唐主簿奉上热茶,狄公赶紧呷了几口,遂又在椅子上坐下。“本县想听听你的看法。”他说道,“凶案是如何发生的?”

唐主簿扯了扯胡须,遂怯生生地说道:“前任县令满腹经纶,乃一风雅之士。他为人随和,虽有些不拘小节,但遇大事却分毫不乱。他年近五十,阅历丰富,在县令任上可谓尽职。”

狄公问道:“他在此地可有仇家?”

“没有,大人。”唐主簿大叫道,“他断案公正,为人英明,深受此地百姓爱戴,毫不夸张地说,受到所有百姓爱戴。”

狄公点点头,他又继续说道:

“半月之前,清早升堂之前,他的管家前来找下官,说是县令大人前晚没有回卧房歇息,而他书房门又从里面锁着。下官知道县令大人时常在书房读书写字到深夜,便猜测他可能歇在书房了,于是便使劲敲书房的门,然而没人回应。下官担心他中风了,于是叫来班头,砸开了房门。”

唐主簿咽了咽口水,嘴抽搐一下,顿了片刻,继续说道:“王县令躺在茶炉前的地上,眼睛直直地瞪着天花板,右手边落着一只茶杯。下官上前摸了摸他的身体，已经僵硬了。下官立刻召仵作前来验尸，仵作说县令大约死于半夜。他还从茶壶中取了茶样去查验，然后……”

“当时茶壶在哪儿？”狄公突然打断他问道。

唐主簿答道：“在书房西墙角的柜子上，大人，紧挨着烧水的铜壶。茶壶差不多是满的。沈仵作倒了一点茶给狗喝，那狗当场倒毙。他又将茶加热，便辨出茶水中有毒。因为铜壶里的水烧干了，因此铜壶中的水是否有毒也就无从查起了。”

“平日里是谁负责端茶送水？”狄公继续问道。

“县令大人自己。”唐主簿赶忙答道。狄公眉毛一挑，唐主簿赶紧解释说：“大人有所不知，王大人热衷于茶道，凡是跟茶有关的事他必亲力亲为。他一直自己从院子的水井里汲水，自己在书房烧水沏茶。他的茶壶、茶杯和茶叶罐皆为珍贵的古董，所以他总把这些古董锁在茶炉旁边的柜子里。下官让仵作查验了茶叶罐里剩下的茶叶，但茶叶无毒。”

“此后你又是如何处置的？”狄公问道。

“下官立刻派特使向登州的刺史大人禀报，然后将尸首暂时收殓，放在王大人私邸的门厅，并将书房贴上了封条。第三日，京城大理寺的官员到了。他让军寨守捉使派来六名密探协助，彻底调查凶案。他审问了所有的仆役，他还……”

“无须多言。”狄公不耐烦地说道，“本县读了他的报告。调查的结果是：无人能在茶中下毒，也无人可以进入王大人的书房。那么，大理寺的官员是何时离开的？”

“是第四天的清早。”唐主簿缓缓答道，“那天，他命下官将王县令的棺木移至东门外的白云寺，说待王大人的胞弟来了再下葬。之后，他把六名前来协助调查的密探打发回军寨，并告诉下官，说他把王县令的私人文书带走了。随后，他就离开了蓬莱城。”唐主簿看上去似乎很不安。他焦急地望着狄公，又说道：“想必他跟大人解释过他匆忙离开的原因吧。”

狄公随口答道：“他说调查顺利，新任县令定会查个水落石出。”

唐主簿似乎松了一口气，遂又问道：“下官冒昧问一句，查案的大人可还安康？”

狄公说道：“他已经到南方履新去了。”接着，他又说道：“本县现在去王县令的书房看看。待本县走后，你可留下跟洪参军商量一下明早升堂的事。”

狄公拿着烛台往外走。此时雨已经停了，但院子里的花坛和树丛中氤氲一片。县令私邸的大门虚掩着。狄公轻轻推开门，走进这无人居住的宅子。

从卷宗所附的平面图上，狄公知道，书房就在走廊尽头。书房很好找，经过走廊时，他见两边都各有一个台阶。但烛光微弱，他无法看清台阶通往何处。突然，他停下脚步，见烛光照处，一个瘦瘦的男人从前面的通道走过来，几乎与他撞上。

那人站着没动，目光茫然，只怪异地呆望着狄公。他相貌齐整，但左边面颊上长着一块铜钱大小的胎记。狄公见他未戴帽子，头发花白，只在头顶束了个松散的发髻。烛光模糊，狄公依稀见他穿着灰色的便袍，腰间束着一条黑色的腰带。

狄公开口问他是谁，那人却一声不吭，突然无声无息地转身走进黑暗的走廊。狄公赶紧举起烛台，哪知动作太快，蜡烛一下子被煽灭了。周围陷入一片漆黑。

“嘿，你回来!”狄公大声喊道，但是无人应答。他等了片刻，周遭依然一片寂静。

“混账!”狄公气愤不已。他顺着墙摸黑回到了二堂。

此时，唐主簿正给洪亮看那些厚厚的卷宗档案。

“本县要彻查。”狄公恼怒地对唐主簿说道，“衙里一应人等，不穿官服不得出入县衙，哪怕晚上或者不当值的时候也不行。适才本县碰到一个家伙，穿着便袍，连帽子都没有戴。本县问他是谁，他居然不理会，转身就走。去把他叫来，本县要好好跟他谈谈。”

唐主簿听罢，浑身颤抖，只惊恐地望着狄公。狄公突然有些于心不忍，毕竟唐主簿一直恪尽职守。狄公遂温和地说道：“好吧，这类小错本也司空见惯。不过，那家伙究竟是谁，是打更的吗?”

唐主簿惊惧地朝敞开的门看了一眼，结结巴巴地问道：“那……那人可是穿着灰色的袍子?”

狄公答道：“正是。”

“他左脸颊上可有一块胎记?”

“有。”狄公粗声答道，“莫要慌张，唐主簿，快说，那人是谁?”

唐主簿低下头，有气无力地回道：“大人，那正是死去的县令大人。”

正在这时，不知院里哪个门被重重地关上了。

四

勘现场狄公查凶案
查究竟铜炉现端倪

狄公叫起来："那是什么门？"

"想是私邸的前门，大人。"唐主簿颤抖着声音答道，"那门关不严。"

"明日务必修好。"狄公暴躁地说道。说完，他站在那里，一脸寂然。他缓缓捋着胡须，想起方才那人的眼神茫然，想起他转瞬间消失得无影无踪。

他绕过书案，在椅子上坐下。洪亮默默望着狄公，眼里满是恐惧。狄公努力让自己镇定下来，端详一下唐主簿灰白的脸，然后开口问道："你也见过那个？"

唐主簿点头称是。

“三日前的晚上，也是在这二堂。下官过来取案宗，见他就站在这里，背对着下官。”

“后来如何?”狄公紧张地问道。

“大人，下官当时吓得尖叫起来，蜡烛也掉到地上。下官跑出去喊侍卫。可等我们回来的时候，二堂里却空无一人。”唐主簿捂着眼睛，继续说道：“大人，他的样子，与那天早上在书房发现他时一模一样，穿着灰色便袍，束着黑色腰带。他倒在地上，帽子掉在一边……死了。”

狄公和洪亮一声不吭，唐主簿接着说道：“下官确信，那大理寺来查案的大人也见过那鬼魂。这正是他那日看上去像生了重病一般的原因，也是他匆忙离去的原因。”

狄公摸了摸胡子，严肃地说道：“否认所谓的鬼神是愚蠢的。要知道，当有门徒向孔子询问鬼魂之事，孔圣人亦不置可否。尽管如此，本县还是想从中找出合理的解释。”

洪亮缓缓摇了摇头。

“这事难探究竟。唯一的解释就是，凶手尚未落网，死去的王县令鬼魂难安。他的尸体还躺在白云寺。据说，人死之后，魂魄尚未散去，便常有诈尸还魂的事情发生。”

狄公突然站起身。

“本县须得仔细思量此事，但目下要回到书房继续勘查现场。”

“大人，千万不可冒险再去见那鬼魂了。”洪亮惊骇地叫道。

“那又为何？”狄公问道，“鬼魂现身，为的是找到杀害他的凶手。他必然知道，我也是如此想的。那他必不会加害于我。洪亮，处置完这里的事，你也去书房。为以防万一，你可让两个侍卫带着油灯过来。”

说完，狄公不顾二人的阻拦，离开了二堂。他第一次走进执事房，在那里取了一个大的油纸灯笼。

狄公重又回到空无一人的私邸，进入方才鬼魂消失的通道处，发现两条通道尽头各有一扇门。他推开右边的门，见是一间宽敞的屋子，地上随意堆放着大小不一的包袱和箱子。狄公放下灯笼，摸了摸包袱，又看了看箱子。突然，他感觉屋角有一个奇怪的阴影。他吓了一跳，不过很快意识到那可能是自己的影子。除了死者的箱笼外，屋子里什么也没有。

狄公摇了摇头，遂走到对面的屋子，见是一间空屋子，只有几件用草席打包的大家具。

通道尽头是一扇很大的门，锁得严严实实，还上了门闩。狄公沉思一会儿，遂又回到走廊上。

书房门的四角雕刻着精美的祥云和龙纹图案，但上端却钉着几块木板，看上去十分突兀。案发当日，衙役是砸开门板才进了书房，事后只好用木板把打碎的门板补上。

狄公撕掉门上的封条，打开门，举着灯笼走进书房。他环顾四周，见书房虽小，但装饰典雅。左边墙上有一扇又高又窄的窗户，窗户下立着一张乌木柜，上面放着一个很大的铜茶炉，茶炉上放着一个圆形的白镴壶，用来烧沏茶的水。茶炉旁边是一个精巧的青花瓷茶壶。屋子的三面墙都摆满了书架。正对着门的墙上开着一扇又矮又宽的窗户，窗户纸一尘不染，窗前立着一张古雅的黄檀木书桌，桌上铺着红色的锦缎桌布，放着两个铜烛台。

狄公注意到柜子和书桌之间的地垫上有一块深色的斑点，便推测可能是王县令倒地时从茶杯中洒落的茶渍。当时王县令把水壶放到火炉上，便坐回书桌前。水开了，他站起身把开水倒进茶壶，然后再把茶壶里的茶水倒进茶杯，端起来喝了一口，随后毒发身亡。

见柜子抽屉上有一精巧的锁具，上面插着钥匙，狄公遂拉开抽屉。抽屉里面摆放着两层精挑细选的茶具，典雅别致，令人叹服。里面纤尘不染，显然大理寺查案的大员及其助手已仔细查过其中的物品。

狄公又走到书桌前，见抽屉是空的，遂推测查案大员就是在这个抽屉里找到了王县令的私人文书。狄公长叹一口气，很可惜，勘查现场时自己不在场。

走到书架前，他把手指从一排排书脊上轻轻划过，见书脊上有一层薄薄的灰尘。狄公满意地笑了，至少这里没有被查案大员和助手翻动过，他还可以从中找到新的线索。他决定等洪亮进来了再开始检查。

他把扶手椅转过来对着门，坐下来，双手拢进袖子，默默思索着凶手会是何等人物。毒杀命官乃是藐视朝廷，不仅是死罪，而且会被“凌迟处死”或“五马分尸”。凶手一定有强烈的杀人动机。那么，他又是如何在茶里下毒的呢？毒应该是下在水里

狄公书房查端倪（高罗佩　绘）

的，因为茶罐里剩下的茶已经查验过了，是无毒的。还有一种可能，凶手给王县令送了一点茶叶，刚好够沏一壶茶，而他在茶叶里下了毒。

狄公又叹了一口气，遂又想起刚刚碰到的鬼魂。如此离奇之事，他还是第一次碰到。直到此刻，他也不能确定是确有其事还是幻觉，也许只是巫术或者骗人的把戏罢了。然而唐主簿和查案大员都说看到了鬼魂。再说，谁敢如此大胆，敢在县衙扮鬼魂？即便有，又意欲何为？思来想去，狄公觉得那必定是王县令的鬼魂。想到这里，狄公把头靠在椅背上，闭上眼睛回忆刚才看到鬼魂时的情形。或许鬼魂会给他一些暗示，帮助他破解此案。

想到此，狄公赶紧睁开眼睛，书房里寂静如初，并没有其他人。狄公顿了片刻，漫不经心打量着书房，见红漆的天花板上有四道横梁。他注意到天花板上有一处褪色的印记，墙角挂着蜘蛛网，下面便是茶柜。显然，与唐主簿的挑剔相比，王县令确实有些不拘小节。

过了一会儿，洪亮进来了，后面跟着两名举着烛台的侍卫。狄公命他们把烛台放下，便吩咐他们退下了。

“洪亮，现在我们可以下手检查的就只剩下书架上的书和文书了。书很多，你负责递书给我，待我检查完毕再放回原处，如此则不需耗费太长时间。”

洪亮点点头，从离他最近的书架上取下一摞书，用袖子把书上的灰尘拭去。狄公在书桌前坐定，开始检查洪亮递给他的书。

一个时辰过去了，书架上的书已悉数检查一遍。狄公从袖子里掏出一把折扇。他一边猛扇扇子，一边满意地笑着说道："洪亮，此刻我已知晓王县令的秉性。我翻阅了他的诗集，文笔优美但内容空洞。诗集里多是情诗，大部分是写给京城或地方名妓的，多是他就任过的地方。"

洪亮说："大人，适才唐主簿暗示在下，说王县令并非德行无缺之人。他时常召妓到县衙，还时常让她们在此留宿。"

狄公点点头："适才你递给我的锦缎画册全是春宫图。他还有很多关于各地美酒美食的书。此外，他的古代诗词藏书也颇为丰富，而且每一册都反复读过，每一页都写满了批注和评语。他的佛教典籍和道教玄学藏书亦是如此。但是，儒家典籍却是簇新的，完全没有翻阅过的痕迹。我发现他对诸如医术、炼金术以及奇闻秘事等亦颇有研究。然而关于治国之策、历史、算学之书却几乎没有。"

狄公把椅子转过来，继续说道：

"由此可知，王县令既是诗人，善于感知美好的事物；又是哲人，对玄学思想颇多研究；但同时他又贪图享受，耽于美食美酒美色。他对仕途完全没有野心，对升迁之事毫无兴趣，最乐于在远离京城的郡县担任县令，如此他便可自由自在，不受约束。蓬莱是他担任县令的第九个地方。他极富智慧，洞察力又强，加之多年的从政经验，尽管非勤政之人，但我相信他在蓬莱为官一定颇受百姓爱戴。他对家庭不甚在意，因此在妻妾相继去世后，并没有续弦，只是整日里与烟花女子厮混。他的这些性格跟他给这书房取的名字倒是十分吻合。"

说着，狄公用扇子指着书房门口的匾额。洪亮抬头一看，不禁哑然失笑，原来匾额上写着“不羁轩”。

狄公继续说道：“但是，我发现有一自相矛盾之处。”说罢，他拍着手里的一本册子，问道：“洪亮，这是从何处找到的？”洪亮指着书架底层说：“就是在这里，压在书的后面。”

狄公说：“王县令在这本册子里写了一长串的日期和数字，还有一些复杂的计算，但是旁边却无一字解释说明。但从刚才藏书的情况看，王县令显然对算学毫无兴趣。县衙所有的财政和统计事务应该都是交由唐主簿完成的吧。”洪亮点头称是。

“是的，大人，唐主簿适才正跟我交接此事。”

狄公翻着册子，摇着头若有所思地说道：“他在这些数字和计算上花了大量的时间精力，哪怕是一个小错误亦涂掉修改。现在，我们唯一的线索就是这些日期了。最早的日期是两月之前。”

狄公站起来，把册子纳入袖笼。

他说：“不管怎样，闲暇时我会研究一下这个册子，但也无法确认这跟凶杀案有关联。不过，不同寻常之处始终值得特别关注。现在，我们对被害人有了更全面的了解，此乃侦破凶案的第一步。”

五

九华园二随从吃请
隔河望见诡异谋杀

马荣、乔泰一同离了县衙。马荣对乔泰说："老兄，且去寻一个地方大吃一顿，如何？适才在县衙跟那些侍卫周旋，我已经饿得饥肠辘辘。"

乔泰说："我也是口干舌燥的。"

说罢，二人出了县衙，往西南走便看到一家酒馆，遂赶紧走了进去。酒馆名曰"九华园"。进得门去，只见酒馆内人声鼎沸，座无虚席。他二人好不容易在柜台旁边寻了空座。柜台后面一个独臂男人正站在一口大锅前忙着煮面。

二人审视着酒馆的客人，见大多数是些小商小贩，来此匆匆吃点东西，然后去夜市摆摊。他们狼吞虎咽地吃着面条，时不时推杯换盏。

这时一个店小二端着一碗面条经过，乔泰拉住他的袖子说道：“来四碗面条，两大壶酒。”

店小二不耐烦地说道：“等会儿，没看我正忙着吗?”

乔泰一听，火冒三丈，破口大骂。柜台后的独臂男人抬起头盯着他看了一会儿，然后放下捞面的长笊篱，从柜台后面走出来。他脸上淌汗却满脸堆笑。

独臂男人说道：“我还很少碰到像您这么会骂人的。先生是从哪儿来的?”

乔泰粗暴地答道：“我可不是什么狗屁先生。我就是个倒霉鬼，北上途中遇到了麻烦，没了身份和地位。我叫乔泰，废话少说，先给我们弄些吃的。”

独臂男人热情地说道：“先生稍等片刻。”说完，他走进厨房。一会儿工夫，他出来了，后面跟着个胖胖的妇人，端着托盘，盘子上放着两个酒壶、一大盘腌鱼和菜。

“如此甚好。”乔泰满意地说道，“老兄，坐下来喝一杯，让你婆娘去忙店里的事。”

店家拉过一张凳子坐下，他老婆回到柜台后面继续煮面。马乔二人吃菜喝酒，店家说，他是蓬莱本地人，服完兵役之后就盘下这家小酒馆，生意尚可。他见二人穿着衙门的棕色长袍，压低了声音问道：“二位好汉为何在衙门卖命?”

乔泰说：“跟你开酒馆卖面条一样，为了谋生糊口。”

独臂店家左右看看，小声说：“蓬莱城怪事多得很。二位可知，半月前县令被人掐死，尸体还被剁成了碎块。”

“我以为他是被毒死的。”说着，马荣喝了一大口酒。

店家说：“那只是他们的说辞。王县令已经被歹人剁成肉泥了。二位相信我说的话，衙门里的人个个心狠手辣。”

乔泰说：“店家有所不知，现任县令是个正派人。”店家听罢，又道：“我对新县令一无所知，但我肯定，唐樊二人都是恶毒之人。”

乔泰听闻此言，十分诧异：“唐主簿年老体衰，看上去连只苍蝇都不愿拍死。你为何说他恶毒？”

店家恶狠狠地说：“且休提此人。二位有所不知，唐主簿这人……不同寻常，他……”

马荣问：“他怎么了？”

“我是本地人，此地长久以来一直怪事频出，个中原委深不可测。家父就曾跟我提过……”说到此处，店家欲言又止，摇摇头，端起酒杯一饮而尽。

马荣耸耸肩说道：“店家不说也罢，我们自会查明真相。至于适才提到的樊大人，倒是让人担心，他似乎失踪数日了。”

店家说：“我倒巴不得他失踪了。那家伙贪婪成性，欺软怕硬，敲诈勒索，好色无度。天知道他干了多少见不得人的勾当。更可恨的是，唐主簿跟他沆瀣一气，处处为他开脱。”

乔泰说：“店家放心，樊大人的好日子到头了，有我兄弟二人在，断不能坐视，任他胡作非为。这家伙一定贪了不少钱财，听闻他在城西有一处田庄。”

店家说：“那田庄是他去年从一远方亲戚那里继承得来的，倒不是什么了不得的产业，田庄不大，地又偏僻，紧挨着一座废弃的寺庙。如果他是在田庄失踪的，一定是那些人下的手。”

马荣不耐烦地说道：“店家能不能把话说明白点。‘那些人’是谁呀？”

店家叫店小二端上来两大海碗面条，然后轻言细语地说道：“先生少安勿躁，且听我慢慢道来。

“樊大人的田庄西边小路与官道相接的地方有一座古寺。九年前，城东白云寺的四个和尚曾在那里挂单。一天早上，有人发现四个和尚被割喉而死。从那以后，古寺就废弃了。但是，四个和尚的鬼魂却时常在那古寺里游荡。周围有农户晚上曾看到寺里有烛光。人人避之唯恐不及。就在几日前，我的堂兄深夜经过那里，在月光下看到无头和尚拎着自己的头四处游荡。”

乔泰大叫起来：“天呀，老兄，我在吃饭，不要讲这些惊悚的故事，实在是毛骨悚然！”

马荣哈哈大笑。二人狼吞虎咽吃完面条，站起来要掏银子付账。店家一把按住，说道：“休要如此，两位官爷，这小店便如官爷自家开的一般。倘若官爷见外，那些个高丽兵会……”

“也罢。”乔泰打断他道，“既如此，多谢店家款待。不过，下回我们来，你一定要收钱。”

独臂店家哪肯依允，但乔泰拍拍他的肩膀，遂和马荣转身离去。

待走出店门，乔泰对马荣说道：“酒足饭饱，我二人还是赶紧去办狄大人交代的事情要紧，看看有些什么令人印象深刻之事。”

马荣见雾气蒙蒙，挠了挠头，应道：“我想这是得走着去呀，兄弟！”

此时天色虽晚，但街上仍熙熙攘攘，人流如织。二人沿着商铺往前走，不时停下来看看热闹，问问价钱。不知不觉，二人走到关帝庙门口，遂赶紧进去焚香祭拜。

他们又朝城南走去。马荣问道：“老兄，我大唐为何屡次不辞辛劳派兵到那蛮荒之地？何不让蛮夷自生自灭？”

“老弟你有所不知，”乔泰说道，“这是展我大唐威严于四海，以我中华文化教化蛮夷。”

马荣说：“原来如此。不过那些鞑靼人还是知道些礼数的。你可知道鞑靼人不像我们汉人，女子结婚的时候不必是处女。因为他们的女子自小骑马……”

乔泰不耐烦地说道：“你且少说些废话，我们好像迷路了。”

马荣看看四周，原来他们不知不觉来到一片民宅。路上铺着平整的石板，两边是高墙围起来的深宅大院。周遭雾气氤氲，一片寂静。

马荣说：“前面有座桥，我们一定是走到城南的运河边了。倘若我们沿着运河朝东走，就可以走回到街市上。”

于是二人过了桥，沿着运河朝东走。突然，马荣一把抓住乔泰的胳膊，指着河对岸让他看。怎耐雾气太重，对岸的情形根本看不真切。

乔泰瞪大眼睛，看见对岸影影绰绰有几个人，抬着一顶没挂帘子的轿子。远远看去，轿子里似乎坐着一个光头男人，全身裹着白布，盘腿而坐，双手合十。

乔泰十分纳罕："这些人抬的是何人?"

马荣咕噜道："天知道！看，他们停下来了。"此时一阵风吹过，雾气稍散。二人看见那群人放下轿子，两个人拿出一根大木棍，对准轿子里的人打过去。这时雾又起来了，乔马二人只听见水花溅起的声音。

"快过桥去!"乔泰小声叫道。

二人赶紧转身往桥的方向跑。但是路面湿滑，他们颇费了一会儿工夫才跑到对岸。二人来来回回在刚才看到的地方查看，却什么也没发现。突然，马荣蹲下身子，用手在地上摸了摸，说道："这里有很深的脚印，他们一定是在这里把那个可怜的家伙扔进河里的。"

此时雾气稍散，可以看到河里的水浑浊不堪。马荣脱下袍子和靴子，跳进河里。河水刚刚齐腰深。

马荣在水里喊道："这水实在太臭了，但我不曾看到河底有死尸。"

他又在水里摸索了一阵，还是一无所获，遂只得浑身是泥地上了岸。

"什么也干不成。"马荣垂头丧气地说道，"我们一定弄错了地方，水里除了淤泥、石头、垃圾，什么都没有。真是一团糟！

拉我上去。”

这时天下起雨来。

“那是我们唯一缺的东西。”乔泰咒骂道。黑暗中，他看见身后是一栋豪宅的后门，里面静悄悄的。于是乔泰拿着马荣的袍子和靴子跑到宅子后门的门廊下避雨，马荣则站在雨里，让雨水把浑身上下的淤泥冲洗干净才跑到门廊下。他用汗巾擦干身体，穿上袍子。过了一会儿，雨停了。二人继续沿着运河往东走，河边是深宅大院的后墙。

乔泰懊恼地说道：“老弟，我们还是经验不足，要不然那帮家伙一定跑不掉的。”

“即使经验丰富，也不可能飞过河去吧。”马荣酸溜溜地说道，“此事实在是太诡异了，比适才酒馆店家讲的那些事还要诡异。老兄，且去喝一杯压压惊吧。”

二人又往前走了一会儿，直到隔着雾气模糊地看到彩色灯笼。那是一家酒楼的侧门。两人绕到前门进了酒楼，见楼下的大堂装饰得富丽堂皇。店小二也是一副目空一切的样子，看他二人袍子湿漉漉地，不免翻着白眼将他二人上下打量一番。二人也懒得理会，直奔楼上而去。待他们推开二楼的门，只见大厅里人声鼎沸，觥筹交错，热闹非凡。

六

醉酒诗人作诗吟月
乔泰花船巧逢玉秀

大厅里，食客们围坐在大理石桌边，个个衣着光鲜，举止优雅。看这酒楼的架势，马荣、乔泰意识到，这酒楼不是他们能来之地。“我们还是另寻他处吧！”马荣低声说道。

就在他转身要走之时，独自坐在门边的一瘦削男人站了起来。他粗声粗气地说道：“二位，坐下来喝一杯吧！一人独饮的滋味着实不好受！”

此人脸有些浮肿，鼻子细长，鼻尖泛红，眼神迷离，双眉紧蹙，看起来一副忧虑重重的样子。他穿着一件深蓝色丝绸长袍，一看就价值不菲，头戴一顶黑色天鹅绒高帽，领口上有些污渍，帽子下面还散落着几绺头发。

“既然他都说了，便陪他喝一杯吧！”乔泰说道，“我可不想楼下的那些势利眼以为我们是被轰出去的！”

马乔二人在他对面坐下，那人喊过小二又点了两大壶酒。

“不知兄台以何谋生？”小二离开后，马荣开口问道。

“在下薄凯，是船主易鹏的管事。”瘦男人答道。他端起酒杯一饮而尽，接着自豪地说道：“我还是个小有名气的诗人。”

“既是你请我二人喝酒，我们便不会驳你。”马荣说罢，拿起酒壶，往后一仰，半壶酒便下了肚。乔泰亦如此。薄凯在一旁看得目瞪口呆。

“痛快！”薄凯脱口而出，“来这里喝酒的人都是小杯，细啜慢饮，看你们大口喝酒，实在是痛快！”

“我二人实在是渴坏了。”马荣满足地舒了一口气，一边擦嘴一边说道。

薄凯给自己又斟了一杯，说道，“不妨说说你们的事！在这道上讨生活，想是日子过得不安稳吧！”“道上？”马荣有些生气，大声说道，“小子，你说话注意点，瞧好了，我们可是在衙门当差的！”

薄凯一听，眉毛往上一挑，一副惊异的表情。他大声吆喝道：“小二，再上壶酒，要最大壶！”回过头他接着又道：“哦……你们就是新任县令带过来的手下吧，但他定是刚招募你们。那些芝麻小官大多自命不凡，你们看起来不像！”

“你可认识前任县令？”乔泰问道，“听说他也算是个诗人。”

“不认识，”薄凯答道，“我也是刚来此地。”他突然放下了酒杯，兴奋地大声说道：“就是它了！最后一句诗！”他一本正经地看着两人，说道：“这首咏月诗的最后一句就是它了！我念给你二人听如何？”

“不必了！”马荣厌烦地说道。

“那我唱给你二人听？”薄凯满心欢喜，“在下不才，但歌声十分好听，想必这里其他客人也会喜欢！”

“不必了！”马荣和乔泰异口同声道。看薄凯失望的表情，乔泰解释说，“兄台不必介意，我俩都是粗人，不好这诗词歌赋之事。”

“那真是一大憾事！”薄凯感慨道，“那二位老弟可信佛？”

“这小子是不是找事？”马荣面露疑惑，同乔泰说道。

“他喝多了！”乔泰淡定地说着，然后转向薄凯：“莫非你信佛？”

“正是，我是个虔诚的佛教徒。”薄凯一本正经地说道，“我会定期到白云寺参禅，那里的住持是一高僧，慧鹏法师讲的佛理也令人大彻大悟。前几天……”

“够了，”乔泰打断了他，“不妨再喝一杯？”薄凯有些着恼。他站起身，长叹了一声，又顺着乔泰的话说，“不如去吃花酒吧！”

“这可是你说的！”马荣兴奋不已，“你可有好去处？”

“马儿岂能不知马厩在哪儿？”薄凯轻蔑地说道，随后结了酒钱，同他二人一道离开了。

街上浓雾依旧，薄凯带着他二人来到酒楼后的河边。只见他一打响指，一只小船从薄雾中驶来，船头挂着一盏灯。

薄凯上船对船夫说："去那条船。"

"喂！"马荣大声叫道，"你适才不是说去喝花酒吗？"

"一码事！"薄凯轻快地回道，"上船！"接着，他又转向船夫，说道："抄近路，他二人有急事！"

船篷很矮，薄凯只得俯身进去，马荣乔泰二人则蹲在他身旁。小船在薄雾中缓缓前行，周围寂静无声，只听见船桨拍打水面的声音。不一会儿，声音便消失了，小船静静地向前滑了一段。船夫灭了船头灯，船停了下来。

马荣按着薄凯的肩膀说道："你若是敢耍花样，我便拧断你的脖子。"

"我岂是那种人！"薄凯暴躁地大声说道。

伴随着一阵叮叮当当的响声，船又开了。"我们已经通过了东闸门，"薄凯解释道，"闸门有些地方松动了，但切不可将此事告知新县令。"

紧接着，一排黑漆漆的大船出现在他们眼前。

"跟往常一样，停到第二条船边！"薄凯吩咐船夫。

船夫将船靠舷梯停下，薄凯给了他几个铜板，便上了大船，马荣乔泰跟在他身后。甲板上随意堆放着很多小桌子和脚凳。薄凯走过去敲了敲船舱的门，一个胖妇人开了门。她穿着一身污迹斑斑的黑色丝绸长袍，一笑露出一口黄牙。

"薄公子，欢迎！"她对薄凯说道，"随我下来吧！"

众人顺着木梯走下去，下面是一大船舱，光线很暗，全靠挂在船梁上的两个彩灯照明。他们三人围着一张大桌坐了下来，里面的空间便所剩无几了。胖妇人拍了拍手，一个矮胖的下人便端着一个装着酒的盘子走了进来。

薄凯边倒酒边向胖妇打听道："金尚来了没有？他可是我的好兄弟。"

"他还没来，"她答道，"但我保证你不会寂寞!"

说着，老鸨向下人打了个手势。那人过去将后门打开，带进来四名女子，都只穿了件夏天的薄纱裙。薄凯兴奋地冲她们打招呼，将其中两个一把拉过来，安置在左右两侧，说道："我就要这俩了！你们可别想歪。"他回过头对乔泰、马荣解释道："她二人只是来伺候我喝酒的。"

马荣示意那位面带笑意、身材丰满的圆脸女子到自己身旁，乔泰则选了剩下那位，跟她聊了起来。在他眼里，此女子虽貌美，却似乎很忧郁。只有他主动发问，女子才答几句。她叫玉秀，虽是高丽人，汉语却说得极好。

"高丽是个美丽的国度，"乔泰搂着她的腰说道，"两国交战时，我曾去过那里。"

那女子一把推开他，鄙夷地看了他一眼。乔泰马上意识到自己说错了话，赶忙解释道："你们高丽人打仗勇猛，虽然全力以赴，但终究还是败了。"

那女子一言不发。

"贱人，你哑巴了?"胖妇人厉声斥道。

"能让我静静吗?"那女子不紧不慢地说道，"客人也并未不悦呀?”

胖妇人起身，扇了她一巴掌，愤怒地低声说道：“贱货，看老娘怎么收拾你!”

乔泰过来重重地推了那胖妇人一把，大声吼道：“不许打她!”

“我们到甲板上去吧!”薄凯叫道，“此时月亮应该已高悬于空，金尚马上要来了。”

“我就不去了。”玉秀对乔泰说道。

“随你吧!”他说罢，便跟其他人一起上了甲板。

清冷的月光洒在城墙边的这排驳船上，顺着黑漆漆的水面望过去，影影绰绰可以看到对岸。

马荣往矮凳上一坐，丰满的女子便坐在他大腿上。薄凯将他的那两名女子推给乔泰。

“好好陪这两位大爷!”他说道：“我要作诗。”

薄凯静静地站着，双手背在身后，仰头凝望着月亮。他突然说道：“二位如不嫌弃，且听听我刚刚吟得的诗。”

他伸了伸自己瘦长的脖子，用尖厉的声音大声吟道：

> 载歌载舞兮，无与伦比
> 欢喜时，同乐；悲伤时，解愁
> 啊，月亮，啊，银色的月亮

他停下来，喘了口气，又突然低下头，像是在听什么，接着朝马乔二人说：“你们可听到什么声响?”

“我也听到了。”马荣说道，“天哪，你可别唱了！没看见我正跟美女谈正事吗?”

“我说的是下面的声音。”薄凯说道，“我猜你兄弟的女人被收拾了。”

薄凯话音刚落，他们便隐隐约约听到下面传来了殴打声和呻吟声。乔泰暴跳如雷，冲了下去，马荣紧随其后。

那名高丽女子被扒光了衣服按在桌上，适才倒酒的下人抓着她的双手，另一个男人按住她的双腿，胖妇人正在用藤条抽打她。

乔泰一拳打在那下人的下巴上，将他抽倒在地。另一名男子见状，连忙松开女子的腿，从腰间抽出一把小刀。乔泰撑在桌上，纵身一跃，将那胖妇重重地踹在墙上。他抓住持刀男子的手腕，迅速一拧，疼得那人痛声大叫，连连后退，手中小刀掉落在地。那女子从桌子上坐起来，拼命撕扯塞在她嘴里的布条。乔泰把她扶起来，扯掉了那块布。另一个男人弯腰试图捡刀，不料马荣一脚踢在他的肋骨上，将他踢飞到墙角。那女子连连作呕，突然吐了起来。

“你二人真是情深义重啊!”薄凯站在楼梯上说道。

“把隔壁船上的人都给我叫来!”胖妇气喘吁吁地对下人说道。

“让他们一起上，大爷我今天就好好教训一下你们这群混蛋!”马荣大叫着，遂掰断一根椅子腿当棍棒。“慢着，妈妈且慢着!”薄凯大声叫道，“这两位可是在衙门当差的，切不可鲁莽行事啊!”

胖妇吓得脸色苍白，赶紧示意那个下人回来。她跪倒在乔泰面前，带着哭腔低声下气地说道：“大人饶命啊，适才我只是在教她怎么伺候您!”

“我警告过你，让你别动她!”乔泰厉声说着，将自己的汗巾取下，递给那女子擦脸。女子站起身，仍战栗不止。

“你且去安抚一下她吧!”马荣对乔泰说道，“拿刀的那家伙交给我了!”

玉秀拿起她的衣服朝后门走去，乔泰跟着她进了一处狭窄的走廊。玉秀打开其中一间舱门示意乔泰进去。

乔泰发现这间船舱非常小，舷窗下面摆着一张床，还有一个小梳妆台，台前放着一个摇摇晃晃的竹凳，靠墙还有一个红色衣箱，除此之外别无他物。乔泰坐在衣箱上等玉秀进来。

她默默地将衣服扔到床上，乔泰有些尴尬，说道：“实在是抱歉，都是我的错!”

“不怪你!”她淡然说着，走到床边俯下身从窗台上取了一个小圆盒。她那傲人的身材引得乔泰挪不开眼。

“你还是将衣服穿上吧!”乔泰粗声粗气地说道。

“这里太热了，”玉秀有些不悦地说着，遂打开了圆盒，将药膏擦在臀部的鞭痕上。

“瞧!”她突然说道，“你来的正是时候! 皮都没破。”

“你能否先穿上衣服?”乔泰的声音有些沙哑。

“我以为你对我有兴趣。”她语气很平静，“你适才不还说都是你的错吗?”她将衣服叠了起来，放在竹凳上，小心翼翼地坐下，开始梳头发。

乔泰痴痴地看着她的美背，对自己说：“此时乘人之危绝非君

乔泰花船逢玉秀（高罗佩　绘）

子所为。”他看着镜中玉秀圆润挺拔的酥胸，忍不住咽了咽口水，绝望地说道：“求你穿上衣服吧！换了谁都招架不住。”

玉秀回过身惊讶地看着他，耸了耸肩，起身走到床边坐下。

“你真在衙门里当差？”她随口问道，“这里的人总是满嘴谎言。”

乔泰暗自庆幸她调转了话题，于是从靴子里抽出一纸公文。玉秀放下头发，将公文接了过去。

“我不识字，”她说，“但我眼神很好。”

她回过身，从床后拿出一个灰白纸包得严严实实的盒子。她仔细将乔泰公文上的官印与盒子上的官印比对了一番，然后将公文还给乔泰，说道：“你没撒谎，官印对上了。”

她若有所思地看着乔泰，轻轻抚摸自己的大腿。

“你是如何得到有县衙官印的盒子的？”乔泰好奇地问道。

“瞧，又活了不是。”她有些闷闷不乐，“你真是衙门里当差的吗？”

乔泰攥紧了拳头。

“听着！”他不假思索地说道，“你刚受伤，我若现在乘人之危岂不太过卑鄙？”

那女子斜睨他一眼，打了个哈欠，不紧不慢地说道：“我也不知道你是不是卑鄙小人。”

乔泰呼地站起身，出了舱房。

他回到主舱，见薄凯坐在桌边，头耷拉着，鼾声如雷。胖妇人在他对面坐着，愁眉苦脸地盯着一杯酒看。乔泰结了账，并警告她说，若再虐待那高丽女子，没她好果子吃！

“大人，她就是个高丽俘虏，小的是按规矩从官府将她买来的。”她声音尖利，随后又一脸谄媚地说道：“但大人的话，小人不敢不从。”

此时马荣走了进来，一脸的春风得意。

“不管怎么说，此地确实是个放松的好地方。”他说道，“那胖妞真是极品！”

“大人，我们这里还有更好的姑娘呢！”胖妇急切地说道，“第五条船上有位刚来的女子，是个知书达理的大美人，刚被一位公子包了下来。但大人你也知道，这种事儿长久不了，十天半月她便回来了。”

“甚好！”马荣大声说道，“我们还会再来的。告诉你的人，别在我们面前舞刀弄棒的，实在是扫兴！若再如此，难保我们不会动粗。”他摇了摇薄凯的肩膀，对着他的耳朵大叫道：“醒醒吧，大诗人！时候不早了，该回家了！”

薄凯抬起头，生气地看了他们一眼，傲慢地说道：“俗人，你们只知道喝酒嫖娼，诗词歌赋一概不通，我要在此等我的好兄弟金尚，你们快滚吧。”

马荣大笑了起来，他把薄凯的帽子往下压了压，遂与乔泰一起上楼，打响指叫来一只小船回到岸边。

七

听奇遇狄公得漆盒 探奇案夜访白云寺

马乔二人回到衙门，见二堂内还亮着灯。他们见狄公正与洪亮议事，桌案上是成堆的卷宗档案。

狄公示意他二人在桌案前的脚凳上坐下，说道："今晚本县与洪亮勘察了前任县令的书房，但凶手如何在他茶中下毒，我们尚且不知。那茶炉靠窗，洪亮推测凶手可能是从外面用细吹管捅破窗户纸，将毒粉吹进了茶水中。我二人到书房后面一探究竟，却发现窗外还有一层厚厚的套窗，已有数月未曾开启。窗户正对着花园的死角，显然前任县令平日里只开书桌前的那一扇窗。"

"晚饭前，本县见了四乡的里正，众里正言谈举止十分得体。

那高丽小城里正也来了，看着倒是精明强干，似曾在高丽任过官职。”狄公顿了顿，扫了一眼适才与洪亮议事时做的笔录，继续说道：“用罢晚饭，我与洪亮检查了档案中的重要文书，所有记录都保存得很完好。”他推开面前的文书，转身向乔泰二人问道：“今晚你二人查访得如何?”

“大人，怕是不能令您满意。”马荣语气有些低沉，“衙门办案，此等差事，我二人还需历练学习。”

狄公笑着说：“不妨事，本县也是初为县令，也需要历练，且说说今晚情况如何。”

马荣先向狄公禀报，说了从九花园店主口中听到的关于唐樊二人的情况。狄公摇了摇头，说道：“唐主簿此人，我实在捉摸不透。他精神恍惚，说自己看见了前任县令的亡魂，似是受了不少惊吓。但依我看，此事应该另有隐情。此人让我伤透了脑筋，晚饭后喝罢茶，我便差人送他回府了。

“至于樊忠，我们也不可全听店主的一面之词。他们本就对官府有偏见。对于官府控制粮价、对酒征税等事，他们一直耿耿于怀。樊忠若再现身，我当亲自问他。”

狄公呷了几口茶，继续说道：

“对了，唐主簿说起此处确有食人猛虎，七天前还曾咬噬了一位村民。只要此案有些眉目，你二人便可着手追捕那凶兽。”

“大人，这差事我们在行。”马荣成竹在胸。思索片刻，他的脸又沉了下来，纠结了一会儿，向狄公禀道，他二人好像在河边目睹了一起谋杀案。

狄公神色有些担忧，抿了抿嘴，说道：“今日薄雾笼罩，但愿是你二人看花了眼。我可不想一案未了，又生一案！明早你二人再到那个地方，看看是否能从周边乡邻口中得到更多的线索，或许能找到合理的解释。衙门这边，我也会让人留意，看是否有失踪案来报。”接着，乔泰说起偶遇易鹏家管事薄凯一事，花船之事则简单带过。他只说在那儿饮了一杯酒，和几名女子聊了几句而已。

乔泰二人见狄公对他们的说辞还算满意，才舒了一口气。

“你们干得不错！”狄公说道，“你们此去，搜集了不少消息。青楼妓院乃市井无赖常聚之地，你二人已知其所，对我们甚为有利。让我看看这些花船具体所在。洪亮，将地图取来。”

洪亮将蓬莱县域图铺在桌案上。马荣站起来，俯下身子，指了指蓬莱西南方水闸东边河道上的第二座桥。

他说：“我们大概是在此处看见了轿中的光头男人。继而又在此处的酒馆偶遇薄凯，接着乘船沿河向东，由其中一扇水闸离城。”

“你们如何能通过那水闸？”狄公问道，“据本县所知，水闸已被重重栅栏封住。”

“大人有所不知，部分栅栏已然松动，”马荣答道，“留出的空隙，小船足以通行。”

“竟有此事，明日一大早，我便差人前去修补。”狄公说道，“但我尚有一事不明，为何妓院要设在船上？”

“大人，我听唐主簿说，”洪亮插了一嘴，“前些年，有位县令严禁城内开设青楼妓院，这些场所便被迫迁至船上，东城墙外河湾里停泊的船只便成了他们的窝点。后来，那位正经刻板的县令调任离职，他们却也未再迁回城内，只因到那里寻花问柳十分方便，无须通过城门守卫，一下船便可前去。”

狄公点了点头，捋了捋络腮胡，对马乔二人道：

“听你二人所言，那薄凯倒是个有趣之人，本县倒是想会会他。”

“他好像是个诗人，”乔泰答道，“但此人善于察言观色，精明得很。他一眼便看出我二人此前在道上讨生活。当时在花船上，也只有他发现有人在鞭打那女子。”

“鞭打女子？”狄公惊讶地问道。

乔泰一拳捶在自己的膝盖上，似是突然想起来了什么大事，大喊道：“盒子！我真是个蠢货！险些忘了大事！王县令曾将一个盒子托付给那高丽女子，这回她又交给了我。”听到此处，狄公一下坐直了身子。

“那可能是最重要的线索！”他激动地说道，“但前任县令为何要将盒子托付给一个青楼女子？”

“大人且听我说，”乔泰答道，“据那高丽女子说，曾有人雇她去一酒楼宴席上助兴，王县令那老色鬼也在席上，见她貌美，遂中意于她。但他堂堂县令，自是不能明目张胆地出入烟花柳巷之地，便总请她到私邸去共度良宵。大约一月前的一天清晨，她正要起身离开，王县令将此盒交给她，并说青楼妓院不怎么惹眼，乃存放此物的最佳之地。他嘱咐高丽女子替他保管此物，切记对任何人都要守口如瓶；若他需要此物，自会来取。那女子曾问盒中是何物，他只笑言道，不过是些无关紧要之物，接着却又一脸严肃地对她道，若他有个什么闪失，定要将此物交给下任县令。”

“那前任县令惨遭杀害后，她为何迟迟未将此物交给衙门?”狄公问道。

“这些青楼女子，”乔泰耸了耸肩道，“可谓是谈官色变。因此她打算等官府之人去花船上时，再伺机转交此物，而我刚巧是第一人。大人，就是此物。”

乔泰从袖中取出那个扁平的盒子，递给狄公。

狄公接过去，激动地说道：“且让本县看看，究竟是何物!”

他迅速拆掉包装纸，见里面是一个扁平的黑漆盒子，盒盖上装饰着以金漆熔铸的两根竹茎和一簇竹叶，边框镶以贝壳，甚是精致好看。

“此盒应是件珍贵的古董!”狄公说着打开盒盖，不料大失所望，竟是个空盒子!“不好！有人对此动了手脚!”狄公面色愠怒，说罢迅速捡起撕烂的包装纸。“是本县大意了！衙门办案这等差事，本县确实还有很多要学。”接着又道，“拆掉包装纸前，当仔细检查一下官印，现在后悔，为时已晚。”

狄公说罢，靠在椅背上，眉头紧锁。洪亮又检查了下那黑漆盒子。

“看此盒的尺寸和形状，”他说，“想必是用来放文书的。”

狄公表示认同。

“也罢！”狄公长叹一声，说道，“有这盒子总比一无所获要好。想必前任县令定是将某些重要文书放在了盒中，这些东西比他放在书桌抽屉中的文书更为重要。乔泰，那女子将它存放于何处？”

“在她所住的船舱内，床与墙之间的缝隙中。”乔泰答道。

狄公似有所思。“我懂了。”他淡然说道。

“她向我保证，”乔泰为了掩饰尴尬，赶忙又道，“她从未向任何人提起此事，也从未将此物给他人看过。但她也说过，她不在船舱之时，花船上的其他女子也常进去，仆人和客人也可自由进出她的舱房。”

“依你所言，”狄公说道，“即便那女子所言非虚，对此案也无甚帮助。能对此盒动手脚的大有人在，也就无从查起。”狄公思索片刻，无可奈何地接着又道，“也罢！本县在检查王县令藏书之时，发现了他写的一本册子，你二人看看，可能瞧出什么端倪？”

狄公拉开抽屉，将册子递给马荣。马荣快速翻阅着，乔泰也探过头来瞧了瞧。二人一头雾水，了无头绪。马荣摇了摇头，将册子还给狄公。

“大人，不如我二人帮您办些抓捕恶棍之类的差事吧？”马荣问道，“我兄弟二人无甚谋略，但粗活儿还在行。”

“如今尚且不知凶徒是什么人，怎可着手抓捕事宜？”狄公无奈地笑了笑，“不必忧心，本县有个特别的差事要由你二人去办，就在今夜。”

“思来想去，本县今夜必须去白云寺后院看看，但要办得神不知鬼不觉。你二人再好好看看这地图，想想如何帮我办成此事。”

马乔二人凑过去看地图，狄公指着地图说道：“你们看，白云寺位于城东，南邻高丽小城，与花船隔湾相望。据唐主簿所言，白云寺后院正在城墙之下，其后便是枝繁叶茂的山冈。”

“翻越城墙便可到白云寺后院，”马荣说道，“但若要神不知鬼不觉，却要费一番心思。此时已是深夜，路上行人寥寥，东门守卫若见我等深夜在此鬼鬼祟祟，定要出言教训。”

乔泰抬起头来，说道：“大人，走陆路难免引人注意，不妨走水路。我们可先去偶遇薄凯的酒楼，然后在那酒楼后面租一条船，马荣为船夫。他对行船之事十分在行，可助我们顺利渡河。穿过破损的水闸便可渡河抵达对岸。上岸之后，若得上天眷顾，定能顺利到得白云寺。”

“此法可行，”狄公道，“待我换上狩猎服，便可出发。”

狄公四人从侧门出府，沿正街一路向南。此时皓月当空，天气晴朗。行至酒楼后方，正好有一驳船，他们付了定金，将船租了下来。

马荣行船的确是个能手。他技巧娴熟，又轻车熟路，不一会儿便将船行至水闸，穿过那破损的水闸，径直朝花船开去。他先将船靠花船边上停下，忽地又掉头向东，迅速驶到对岸。

马荣看看四周，发现有一处灌木繁盛，遂将船靠过去停下。狄公、洪亮下船，他二人则赶忙将船拖上岸，藏于灌木之中。

“大人，恐要留洪亮在此把风。”马荣说道，“若无人在此照看，船要出了什么岔子，定会影响我们的计划。”

狄公点头同意，留洪亮在此看守，他随马乔二人继续前行。三人穿过灌木丛，发现身旁有一小路，马荣扒开灌木，指了指路对面草木繁盛的山坡。他们顺着马荣所指方向远远望去，发现山坡左侧正是白云寺的大门。

“附近无人，”马荣说道，“可以跑过去。”路的那边树木繁盛，树下黑压压的一片。马荣拉着狄公，带他穿过这茂密的树林。乔泰在前面开路，他身手矫捷，在林间穿梭自如，不发声响。山路崎岖难行，马乔二人带着狄公，时而走过狭窄陡峭的小径，时而穿过茂密的树丛。不消片刻，狄公便晕头转向，彻底迷了方向。但马乔二人对丛林探路之事十分在行，稳健地在前开路。

突然，乔泰凑到狄公耳边道：“大人，有人跟踪。”

“我也察觉到了。”马荣轻声说道。

三人紧靠在一起，屏住呼吸，侧耳倾听。此时，狄公也听到除了若隐若现的树叶沙沙声外，还有低沉的呼吸声，似是从他们的左下方传来的。

马荣拽着狄公的袖子，趴在地上，狄公、乔泰也跟着趴下。三人慢慢爬上一矮坡，马荣小心翼翼地扒开树枝，嘴里低声咒骂着。

狄公看了一眼下方的浅谷，借着月光一看，只见一黑影正在高高的剑草之中大步穿梭。

“想必是那食人猛虎！”马荣激动不已，低声说道，“早知会遇到这畜生，就该带上十字弩。大人切莫慌张，我们人多势众，谅它也不敢贸然进攻。”

“住口！”乔泰呵斥道。他目不转睛地观察那黑影的一举一动，只见它在剑草中急速穿梭，接着纵身跳上一块大石，随即消失在树丛之中。

“那畜生绝非寻常野兽！”乔泰嘘声道，“它纵身跃起之时，我正巧看到它的前爪，白白的像是人的手，想来是个虎人！”

那畜生发出一声长啸，那声音似人非人，在这寂静的夜里听起来尤为可怕，狄公不禁心头一颤。

“不好！被它发现了。”乔泰压低声音说道，“为今之计，只得跑入寺内，白云寺想必就在坡下。”

乔泰拽着狄公的胳膊，一跃而起。随后二人拉着狄公，飞快下坡。狄公此时脑子一片空白，那可怕的咆哮声依旧在耳边回响。不料，他脚下被树根一绊，摔倒在地。乔泰二人迅速将他拉起，搀着他磕磕绊绊地继续向前。一路上，狄公衣衫被树枝挂烂多处。他心中甚是恐慌，觉得那庞然大物随时可能从背后扑过来，用利爪撕碎他的喉咙。

不想乔泰二人突然松开他，匆忙朝前跑去。狄公爬出灌木，见前面有约九尺高的围墙。此时乔泰正靠墙而蹲，马荣踩在他肩膀上，轻轻一跃，一把抓住墙头，飞身上了墙。他坐在墙头，身子往前一倾，示意狄公上来。乔泰上前搀了狄公一把，马荣伸手一把抓住狄公，把他拉了上来。“跳下去！”马荣示意狄公。

狄公翻过墙去，两只胳膊攀住墙头，待身子放平，一撒手正好落在下方的垃圾堆上。他站起身，马乔二人正好也从墙上跳下来落在他身旁。此时，只听得墙外茂密的丛林中又传来一声长啸，随即又恢复了夜的宁静。

他们所在之处乃一小花园，前面有一堵墙，立在宽阔的砖砌平台之上，高约三尺。“大人，那便是您要去的后院。”马荣粗声粗气地说道。借着月光，他那粗犷的脸庞略显憔悴，而乔泰正默不作声地检查衣衫刮破之处。

狄公气喘吁吁，满头大汗，衣衫也都湿透了。他努力控制住气喘，对马乔二人道：“我们先去那平台上，然后绕至后院入口。”

三人进到后院，见这是一四方院落，地上铺着大理石，周遭似坟墓一般寂静得可怕。

狄公停下脚步，四周看看，转身试着推了一下身后的屋门，不想门没锁，竟给推开了。屋内甚是宽敞，借着天窗洒进来的月光，屋内陈设依稀可见，除一排黑色方箱外，再无其他。空气中隐约弥漫着一股腐臭味。

乔泰骂了几句。

“他娘的，尽是些棺材！”他咕哝着。

“我正是为它而来。”狄公说着，从袖中取出一支蜡烛，命马荣将火石递给他。他点亮蜡烛，俯身走近这些棺材，仔细查看上面贴的标签。突然，他在第四具棺材前停了下来，顺着棺材板摸了摸。

“棺材盖并未钉实。”他低声说道，“快取下来。”马乔二人将匕首插入棺材盖板缝隙，用力将盖子撬松，狄公在一旁焦急地等着。乔泰、马荣将棺材盖抬起，小心放在地上，里面遂散发出一阵恶臭，马乔二人赶紧向后退去。

狄公赶忙用汗巾捂住口鼻，将蜡烛举到尸体脸部上方。马乔二人因为好奇，也凑身到狄公身后朝里张望。此人正是狄公日前走廊所见之人，狂妄自大的表情与那人如出一辙，细直眉，瘦鼻子，左脸上还有一块胎记。唯一不同之处，便是这凹陷的双颊上已生出些霉点。他双眸紧闭，面无血色，尸身恶臭至极。狄公顿感胃肠翻滚。一切迹象表明，此人就是狄公日前走廊所见之人，所以那日并无人装神弄鬼，乃是真鬼魂。

狄公退身棺后，示意马乔二人盖上棺盖，接着吹灭了蜡烛。

“此时若再原路返回怕是不妥，”狄公说道，“只好先顺着墙到寺门附近，然后再翻墙出去。如此虽有可能暴露，却好过遇到那猛虎。”

马乔二人表示赞同。

他们顺着墙绕寺院而行，直到看见寺门方才停下。他们翻过墙，上了一条紧挨着树丛的小路。见四周无人，三人迅速穿过小路，跑进树丛，穿过树林便到了岸边。

洪亮躺在船尾睡得正香，狄公叫醒他，一同帮马乔二人将船推入河中。

马荣正要上船，突然停住了脚步。刺耳之声从水面传来，是那熟悉的男高音，唱着：“月兮月兮，宛若银盘……”

马荣划船朝水闸而去，只见那歌者坐在船头，上下挥舞着胳膊，像是在打节拍。

“那便是醉酒诗人薄凯，他总算喝够酒准备回家去了。”马荣大声道，“我们不妨跟着他。”

那刺耳之声再次响起，马荣又道，“之前我觉得此人歌声不堪入耳，但听过那猛虎咆哮后，这声音竟有些悦耳。”

八

新妇走失船主报官 曹樊相会狄公顿悟

次日清晨天还未亮，狄公便已醒来。昨日夜探白云寺，他已疲惫不堪，不承想竟被冤魂缠身，夜不能寐。昨夜他两次梦到前任县令站在卧榻之前，吓得他衣衫尽湿，从梦中惊醒。他见屋内并无其他人，遂起身点了蜡烛，伏案研读卷宗。这一坐便到了天明。清晨，初阳晕红了纸窗，仆人将早饭送了进来。

狄公吃罢放下碗筷，见洪亮端了壶热茶进来。他向狄公禀告，说马乔二人已离衙督修水闸去了，顺道再去勘察河畔迷雾谋杀案，并说二人会赶在早晨升堂之前回来。另外，班头来报，说樊忠至今尚未现身。唐主簿的家仆来禀，说他家主人昨夜突发高烧，若稍有好转便会来衙门当值。

“本县也感觉不太好哩！”狄公咕哝道。他大口喝了两杯茶，继续又道：“现在看来，当时就该将我的藏书一并搬来，其中不乏志怪奇谈，关于虎人的记载亦有不少，可惜之前我从未关注过，真是悔不当初！要当好这县令，还需万事皆通啊！洪亮，关于今早升堂所断之事，昨日唐主簿可曾同你说过些什么？”

“大人，并没说什么。”洪亮回道，“堂上两名农夫争执不休，皆因农田边界不清而起，只需将此事断个清楚，便能平息争端。”说着，他将卷宗呈给狄公。

狄公粗略扫了几眼，便道：“此案不难。所幸樊录事已在土地登记处找到旧地图，上面清楚地标注了原来的土地边界。此案一了，便可退堂，还有诸多紧急公务要本县处理。”

狄公起身，洪亮服侍他穿上深绿色的官服，脱下弁帽换上带翅乌纱帽。此时，三声锣响，晓谕百姓县衙即将升堂理案。

狄公出二堂过走廊，来到大堂。他掀开獬豸帷幔，进大堂上到高台，在公案后的扶手椅上坐下。他见堂下挤满了听审的百姓，知道蓬莱百姓都迫不及待地想要见识他这位新任县令。

狄公又迅速扫了一眼衙内诸人，见堂案两侧各置一方矮桌，桌旁各有两名书吏，笔墨备好，准备做笔录。六名衙役分作两班，站立堂前，班头站在旁边，手里缓缓摇动着鞭子。

狄公一拍惊堂木，宣布升堂理事。点卯已毕，狄公翻阅一遍洪亮展在堂案上的文书，示意班头传当事人上堂。两名农夫被带上来，跪在堂下。狄公就农田边界不清一事做了个决断，当事人不胜感激，向狄公磕头谢恩。

狄公举起惊堂木，正要宣布退堂，不料一名男子突然挤出人群，吃力地拄着拐杖一瘸一拐地走上堂前。狄公见他穿着讲究，样貌清秀，甚是英俊。他蓄着唇髭，颌下胡须不长却很整齐，年纪四十来岁。

他艰难地倒身下拜，然后颇为文雅地温和言道：

“草民顾孟平，以经营船只为业，是一名船主。大人初到蓬莱，今日是首次升堂理事草民深知此时前来陈情实属不该。不过草民的新婚妻子曹氏归宁数日，迟迟未归，草民甚是担忧，无奈之下，只得来此求助官府。望大人体谅，助草民寻妻。”说罢，他连磕了三个响头。

和刚才那两个农夫比起来，此人可说是嗓音悦耳，文辞优雅。

狄公抑住一声长叹，无奈地说道：“堂下之人，且将事情经过细细说来，本县自有公断。”

顾孟平开始说道：“十日前，草民迎娶曹氏进门。因前任县令突然暴毙，所以婚事并未大办。新婚第三日，曹氏依俗回门探亲。岳丈曹和贤乃是一名举人，家住西门外的乡下。前日，即本月十四，曹氏便已动身，本该当天便回来的，不料竟迟迟未归。我料想她定是要在家多待一日，不想她昨日下午依旧未归。草民心忧，只得先派主管金尚去岳丈家中打问。据岳丈说，曹氏当日吃罢晚饭便由其小弟曹明护送一起离家。曹明跟在她的马后，原打算送她进了西城门再折回。谁知她那小弟贪玩，瞧见路边树上的鹳巢，便让其姐先行一步，说掏了鸟蛋便会速速追上。不料上树时，一根枯枝突然折断，他摔下来扭伤了脚踝。他一瘸一拐地走到最近的农庄求助，农夫帮他处理了脚伤，还用自家的驴将他送回了家。当日到家时已是傍晚。据他所言，他同曹氏分别之时，曹氏正踏上回城的官道，他心想曹氏定已回城了。”

顾孟平顿了顿，擦了擦眉间的汗，继续说道：

“金尚回城时，曾到村间小路与回城的官道交叉路口的哨卡打听，也曾在官道沿途询问商贩和在田间劳作的农夫，但是，竟无一人在当日下午见有妇人骑马经过！”

“小人不胜惶恐，担心曹氏已惨遭不幸，还望大人尽快立案调查此事。”

说罢，他从袖中拿出一份文书，双手举过头顶，毕恭毕敬地呈给狄公。他接着说道：“大人请看，小人已拟好文书，其中详细描述了曹氏失踪时的穿着及坐骑特征。”

班头接过文书呈给狄公，狄公粗略看过，便道：“汝妻离家之时，可曾佩戴珠宝首饰，或随身带了大宗钱财？”

“不曾带着这些，大人。”顾孟平答道，“金尚也曾问过曹岳丈。据岳丈说，她只带了一篮糕点，是岳母托她带给我的礼物。”

狄公若有所思，接着问道：“你可曾与人结怨，可有什么人想报复你的妻子？”

顾孟平连连摇头，说道：“大人，的确可能有人对我怀恨在心。商场竞争激烈，难免遭人嫉恨，但也绝不至于干出如此丧尽天良之事！”

顾孟平报失新妇（高罗佩　绘）

狄公捋着胡子，心想曹氏失踪，不能排除与他人私奔的可能，但公开讨论此事，怕是有损顾孟平颜面。要了解此女品行，还得私下询问，继而开口说道：

“本县定会速速调查此案，命金尚退堂之后来二堂细细禀明此案情节，一有消息，本县自会派人通知你。”

狄公拍下惊堂木，宣布退堂。

一名衙役正在二堂门口候着，见狄公回来，立即禀道：“船主易鹏登门拜访，想私下见您一面，现在客堂等候。”

“此人是何来历？”狄公问道。

“此人富甲一方，”他回道，“与顾孟平都是本地的大船东，他们经营的船只可直达高丽、倭国。二人各据一码头，用以建造和维修船只。”

“也罢，”狄公说道，“我本还有一人要见，他既已在客堂等候，就先见见这位船主吧。”说罢，他又对洪亮说道：“你且先去见见金尚，将他所述的本案线索做好笔录，待我见完易鹏便过去。”

客堂内，站着一个高高胖胖的男子。见狄公过来，他赶紧行跪拜之礼。“此处并非公堂，易先生不必多礼。”狄公坐在茶桌旁，和蔼地说道，“快快请起，就在本县对面坐下吧。”

易鹏嘴里念念有词，不知在说些什么，只小心浅坐。此人面如满月，唇髭稀稀拉拉，下巴的胡子参差不齐，眼睛很小，神情鬼祟，样貌并不讨狄公喜欢。

易鹏呷了一口茶，有些手足无措，不知如何开口。狄公见他如此，便说道：“几日后，本县将在这客堂内宴请蓬莱名流，不妨到时再跟先生详谈。眼下本县还有诸多公事需要处理，先生若真有急事，大可不必拘礼，直说便是。”

易鹏躬身施礼，开口说道：

“大人，身为船主，草民对水上之事十分上心。如今谣言四起，说是大批武器正经由我县从水路走私，在下特来禀告。”

狄公闻听，挺直了身子。

“武器?”狄公有些不相信，问道：“走私到何处去?”

“大人，定是要运往那高丽国。”易鹏答道，“据我所知，我军上次大败高丽，他们对此怀恨在心，正密谋进攻此地军寨。”

“那你可知，”狄公追问道，“是哪些无耻小人行此龌龊勾当?”

易鹏摇了摇头，答道：“大人，草民对此毫不知情，但保证草民的船只绝对不曾参与其中！虽然此事只是道听途说，但想必军寨守捉使也已有耳闻，据说现今所有出境船只都必须严加盘查。”

“若再有什么消息，定要速来报我。”狄公说道，“对了，对于你那同行顾孟平新婚妻子失踪一事，你可听说了些什么?”

“没有，大人。”易鹏答道，“此事在下毫不知情，但曹举人现在一定十分懊悔，没有把自己的女儿嫁给小儿！”狄公闻听此言甚是惊讶，易鹏赶快解释道：“大人，我与曹举人是旧识，都反佛而尊儒。尽管我未曾上门提亲，但我一直笃信，曹举人定会将他的女儿嫁给我的长子。谁料三个月前，顾孟平妻子离世，曹举人竟突然说要将女儿嫁给顾孟平！大人，要知道，他的女儿年方二十！顾孟平是个虔诚的佛教徒，街坊邻里都说他要……”

“够了！”狄公打断了他。这些个家长里短，他并无兴趣，遂道：“昨晚我的两名手下遇到了你的管事薄凯，此人似乎是个能人。”

“昨晚那个时候，”易鹏忍不住笑了笑，“但愿他还清醒着，这家伙除了醉酒就是写诗。”

“那你为何还雇他？”狄公惊讶地问道。“大人有所不知，”易鹏解释道，“那个醉酒诗人在账目上可是个天才！他绝对是个奇人！前几日，我留出一整晚时间，打算与他一起查账。我刚坐下说要查账，他就从我手中接过整卷账目，快速翻阅一遍，随手简单做了些批注，便交还于我。随后，他便执笔列出了我的收支明细，清清楚楚，一笔不差！次日，我准他休假七日，帮我为军寨建造战船之工程估价，谁知当日晚上他便将所有文书拟好，远超我那些同行，包括顾孟平。之后，我占得先机，一举拿下这笔生意！”易鹏有些沾沾自喜，接着笑道，“对我而言，那家伙只管作诗醉酒，只需花一点时间帮我做事即可。我付给他的工钱比一般人高得多。我唯一对他不满的，便是他痴信礼佛，还与那顾孟平的管事金尚交好。但我也能理解，对薄凯而言，信佛满足了他的精神需求。借着与金尚的交情，他也打探到许多顾家生意上的消息，对我的生意倒也不无裨益。”

“你且带话给他，”狄公说道，“这几日抽空来衙门见我，我有个账本，想找他帮忙看看。”

易鹏飞快地瞟了狄公一眼，还想再问些什么，但狄公已起身要走，他也只好就此告辞。狄公穿过庭院之时，遇到了马乔二人。

“大人，水门已修缮完毕。”马荣禀道，“回来经过第二座桥的时候，我二人向那附近的豪宅打问。几个下人说，他们有时会将宴饮后的垃圾装成袋，用轿子抬到河边倒掉。至于我二人当日所见，是否就是此事，还得挨家挨户求证一番。”

“这便是了！”狄公如释重负，说道，“金尚正在二堂等着，你二人随我一起来。”路上，狄公便向马乔二人简单讲了顾夫人失踪一事。

二堂中，洪亮正与一个二十五岁上下的才俊交谈。洪亮向狄公介绍，此人便是金尚，狄公问道：“听名字，你应该是高丽人吧！”

“回大人，正是！”金尚毕恭毕敬地说道，“我虽在蓬莱出生，却是高丽人。顾先生雇了许多高丽船夫，所以便雇了我来做管事兼翻译。”

狄公点了点头，接过洪亮的笔录仔细阅览，随后又递给马乔二人。他问洪亮道：“樊忠最后一次现身也是在本月十四号下午早些时候？”“没错，大人！”洪亮答道，“据樊忠的佃户说，当日吃罢午饭，樊忠便同他的手下吴山向西走了。”“这上面说，”狄公继续说道，“曹举人的家也在这一带。不如就从此处着手，查个水落石出。洪亮，快将地图取来。”

洪亮将地图展在桌上，狄公用毛笔将城西的一块区域圈了起来。他指着图上曹举人的家宅，说道："你们看这里。本月十四日午后，顾夫人离家先是向西走，然后在第一个路口右转。金尚，她弟弟在何处与她分开的？"

"回大人，两人是在乡路交叉口的小树林分开的。"金尚回答道。

"这便对上了！"狄公说道，"据佃户所言，樊忠与顾夫人差不多是同时离开的，且都往西去了。从樊忠的田庄出来向东，本有一条路直通城内，他为何偏向西行？"

"大人，从地图上看，向东的路的确更近。"金尚说道，"但那条路崎岖狭窄，极难行走，下雨天更是泥泞难行，因此走那条小路比绕行大路更耗时。"

"原来如此。"狄公说着，又拿起毛笔，对乡路交叉口与官道之间的路段做了个标记。

"本县从不相信什么巧合。"他说，"设想顾夫人与樊忠在此处相遇，金尚，这二人可互相认识？"

金尚有些迟疑，接着说道："大人，小人不知。但樊忠的田庄离曹举人的家宅不远，顾夫人待字闺中时可能见过樊忠。"

"不错，"狄公说道，"金尚，你提供了最有用的线索，剩下的事由衙门来办，你可先回去了。"

金尚走后，狄公严肃地看了看自己的三个手下，抿了抿嘴，说道："诸位可还记得九华园店家对樊忠的评价，若果真如那店家所说，事情就清楚了。"

“这说明顾孟平还不够有魅力。”马荣奸笑道。洪亮似乎并不认同。他不紧不慢地说道：“大人，若顾夫人与樊忠私奔，为何官道上的守卫不曾见过两人？通常，官道哨卡前面总有几个守卫。那些人没什么要紧的公务，除了喝茶就是观察来往的行人。再者，他们认识樊忠。倘若樊忠与一妇人同行，定会引起他们的注意。那樊忠的仆人呢？”

乔泰起身看了看地图，说道：“不论当时发生了什么事，事发地都应在那废弃的小庙前。据九华园的店家说，那一带甚是阴森可怖！适才大人标记的路段甚为隐蔽，不论是从驿站、樊忠的田庄，还是从曹举人的宅院观察，都很难看到这一路段。从顾夫人之弟处置脚伤的农庄看，此地亦不在视野范围内。因此，顾夫人、樊忠及其手下很可能就是在这一带失踪的。”

狄公突然起身，说道：“此时就推断事发经过还为时尚早，还需去现场勘察一番，然后找曹举人和樊忠的佃户了解一下情况，如此才可下结论。眼下，天气晴朗，此时便去！经过昨晚的历练，这光天化日走乡间小路就根本不成问题。”

九

探田庄狄公诘嫌犯 察异状桑园勘现场

西城门外，一众人马从泥泞的小路上逶迤而过，惊得田间劳作的农夫们纷纷抬头张望。狄公骑马走在最前面，后面跟着洪亮、马荣、乔泰，再后面则是衙门里的十来个衙役。

狄公执意抄近道去樊忠的田庄。很快他便发现，金尚所言不虚。这条路实在是太不好走了，路面坑坑洼洼，崎岖不平，而且还特别狭窄，他们只好骑着马一个紧跟着一个，小心翼翼地往前走。

走了一会儿，众人来到一片桑树林。班头驱马冲进农田，骑至狄公旁边。他指着前面一处小小的田庄说道："大人，那就是樊忠的田庄。”

狄公嫌恶地看了他一眼，严厉地说道：“本县没让你去踩踏老百姓的农田。本县知道那是樊忠的田庄，我早看过地图了。”

班头一脸尴尬，退到一旁。等狄公的三个随从过去，他小声对自己的手下说：“我们这新县令实在严苛，还有他那两个随从，跟他一样难对付。昨晚，他们居然命令我也参加操练，我可是班头呀！”

他长叹一口气：“日子真不好过！我又不像樊大人那样有个阔亲戚，给他留下这么个小田庄。”

说话间，一行人来到路边一小草堂前。狄公跳下马，见一条蜿蜒小路通向田庄。他命班头带着手下留在此处，他则与三个随从步行去往田庄。

打草堂前经过时，马荣一脚踢开房门，见里面堆着一大堆草。

“什么鬼东西！”马荣说着，就准备把门关上。

狄公却一把将他推开，只见草里面有一个白色的东西。他拾起来递给众人看，原来是一块女眷常用的绣花手帕，闻起来仍有淡淡的麝香味。

“干粗活的农妇是断不会用这种手帕的。”狄公说着，把手帕小心收入袖内。

他们四人继续往农舍走去。行到半途，他们看到一个女子正在田里锄草。女子长得结实，穿一身蓝布衣衫，头上裹着花头巾。她直起身子，张着嘴巴，吃惊地看着众人。马荣打量她一

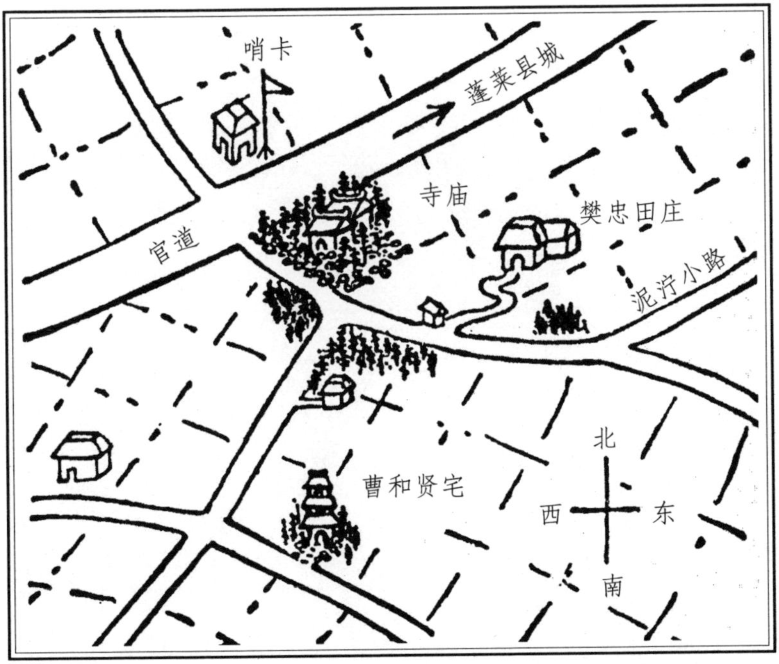

樊忠田庄示意图（高罗佩　绘）

眼，悄悄对乔泰说：“不算太难看。”

农舍低矮，总共就两间房。门外靠墙的地方放着各种农具，不远处有一个仓房，中间隔着篱笆。农舍门口站着个老汉，穿着打补丁的衣服，正在磨镰刀。狄公走过去，直截了当地说道：“本县乃蓬莱县令，带我们进屋去。”

老汉面容粗犷，小眼睛向狄公身后的三个人飞快地扫了一眼。他笨拙地躬身施礼，遂带着众人走进农舍。屋内墙面斑驳，陈设简陋，只有一张破桌子和两把摇摇晃晃的椅子。狄公靠在桌前，让老汉报上姓名，并问与他同住的还有些什么人。

老汉不太高兴地答道：“小人名叫裴九，是樊忠大人的佃户。贱内两年前去世了，这里只住着我跟小女素娘。她平日里主要是烧火做饭，帮我做些田里的活计。”

狄公说：“这么说，你一个人打理整个田庄。”裴九小声说道：“小人手头宽裕时也会雇个帮手，但一般不会，因为樊大人非常刻薄。”

说完，他不满地看了狄公一眼。

狄公明白，这个宽肩长臂、肌肉发达的家伙看上去颇为狡猾，并不可靠。他说道：“说说，樊忠什么时候来过？”

裴九扯扯衣领，粗声粗气地答道：“樊大人是十四那天中午来的，当时我跟小女刚吃完午饭。我找他要钱买种子，他不给，还说仓房里面还有半袋种子。说完，他就骑着马朝西边走了。就是这些，我早就跟衙门的人说过了。”说完，他低头盯着地面。

狄公沉默了一会儿，突然大声吼道：“裴九，别跟本县耍花招，樊忠是不是带着个女人一起来的，那女人是谁?”

裴九惊恐地看了狄公一眼，转身就要逃出门去。马荣冲过去一把抓住他的衣领，拖着把他按倒在狄公面前。

“不是我干的。”裴九叫道。

“本县早已知晓一切，”狄公大叫，“休要耍花招。”裴九双眉紧蹙，深吸一口气，然后缓缓说道：

“大人，我说，我全都说。”

狄公喝道：“从实招来!”

“大人，事情是这样的。樊大人来的那天，吴山先来的，还牵来三匹马。他说樊大人和夫人今晚要在田庄住一宿。我不知道樊大人已经娶妻，但我也没多嘴问，因为吴山是个恶棍。我叫素娘收拾卧房，杀鸡炖汤，我知道樊大人是来收租的，得好好款待。然后，我把马牵到仓房去饮马喂料。

“等我回到屋里，樊大人已经坐在桌边了，面前放着红色的钱匣子。我知道他是来收租的。我说钱都买了种子，没钱交租了。他一听火冒三丈，恶狠狠地咒骂我，又叫吴山去查看仓房里有无种子，再看看田里庄稼长势如何。

“等我们再回到屋里，天已经黑透了。樊大人在卧房喊饿了，素娘赶紧把做好的饭菜端进去。我和吴山则蹲在仓房前喝粥。吴山叫我给他五十个铜板，这样他就会在樊大人面前给我说好话，说地里的庄稼长势很好。我没办法，只好给他。他拿了钱便回仓房睡觉了。我一个人呆呆地坐在外面，发愁从哪才能弄来租金。过了一会儿，素娘收拾完碗筷，我便叫她到阁楼去睡。我回到仓

狄公田庄探隐情（高罗佩　绘）

房躺在吴山身边睡着了。半夜，我醒来发现吴山不见了。”

“上了阁楼。”马荣咧嘴一笑。

“我到外面一看，三匹马也不见了。但是樊大人卧房的灯倒是亮着，他应该还没睡，我得把这事禀报给他。于是我走过去敲门。奇怪的是，无人应答。我发现窗户开着，走过去一看，樊大人和他夫人躺在床上。我觉得睡觉还留着灯实在是太浪费，灯油要十个铜板一斤呢。我正想进去把灯吹灭，才突然发现他们二人浑身是血。我赶紧从窗户爬进去，找装钱的匣子，可匣子不见了，只看见我的镰刀掉在地上，上面沾满了血。一定是吴山杀害了主人，带着钱匣子和马匹逃跑了。”

乔泰刚想开口说话，狄公摇头，示意他不要说话。

“我知道他们会说是我杀了人，”裴九喃喃说道，“小人知道，他们定会严刑拷打，直到我招供为止，再把我斩首，然后素娘就会无家可归。想到这里，我赶紧从仓房里拖出小推车，推到窗户跟前。我把两具尸体从床上拖起，感觉樊夫人的身体还是热的。然后我把尸体拖过窗台，放入推车，又把车推到桑树林，把尸体扔到灌木丛中，就又回到仓房继续睡觉去了。我本打算等天亮了回去挖坑把他们埋了，可第二天早上再去的时候，尸体却已经不见了。”

狄公叫起来：“什么？尸体不见了？”裴九点点头。

“是的，尸体不见了。小人明白，一定是有人发现了尸体，并报了官。于是我赶紧跑回来，用樊大人的衣服裹住镰刀，用樊夫人的衣服把床上和地上的血迹擦干，但是床褥子上的血渍怎么也擦不掉。于是，我干脆把褥子取下来，把这些东西都裹在里面，然后拿到仓房藏到草堆下面。之后，我又叫醒素娘，叫她赶快进城去。大人，我说的句句都是实话，别打我，人不是我杀的。”

说罢，他捣蒜似的不停磕头。

狄公捋了捋胡须，对裴九说：“起来吧，带我们去桑树林看看。”

裴九赶忙爬起来，乔泰兴奋地对狄公耳语道：

“我们在路上碰到过吴山。大人可问一下马匹的事。”

狄公依言叫裴九说说马匹的样子。裴九说樊大人骑了一匹灰色的马，樊夫人骑的马是炭红色的马。狄公点点头，一行人继续往桑树林走去。

行不多远，众人便到了桑树林。裴九指着一处灌木丛说：“小人当时是把尸体扔在了那里。”

马荣蹲下身仔细查看地上的树叶。他捡起几片递给狄公看：“大人，这几处黑色的印记一定是血渍。”

“你二人最好在灌木丛里仔细查找，”狄公吩咐乔泰、马荣道，“这个狗头可能在说谎。”

裴九赶忙口喊冤枉，但狄公并不睬他，只若有所思地对洪亮说道：

“此案颇为蹊跷。我们在路上碰到的那个人看起来不像是贪婪凶残的杀人凶手，能那般残忍地割人喉咙，然后抢走钱和马匹。我看他倒是有些茫然不知所措。”

过了一会儿，灌木丛中传来撇断枝条的声音，是马乔二人回来了。马荣挥舞着生锈的铲子，兴奋地说道："大人，灌木丛中有一小片空地，看起来最近有人在那儿埋过东西，还找到了这把铲子。"

狄公冷冷说道："把铲子给裴九，让这狗头去把自己埋的东西挖出来。带我过去看看。"

马荣分开灌木丛，带着众人进了树林，乔泰拖着一脸茫然的裴九跟在后面。

来到空地中央，见地面明显有人翻动过。

"开始干活。"狄公对裴九大叫道。

裴九很自然地往手中啐了一口，操起铲子开始挖土。没一会儿，便露出沾着泥土的白衣。在乔泰的协助下，马荣将一具男尸从坑里拖出来，放到干树叶上。这男尸，已上了年纪，头剃得光光的，只穿了件薄薄的内衣。

"是个和尚，"洪亮大叫道。"继续挖，"狄公对裴九厉声喝道。

突然，裴九丢下铲子，喘着粗气道："是我家樊大人。"

马荣和乔泰从坑中搬出来一具男尸。他们必须小心轻放，因为尸体的头几乎和身体分离了。死者是个大高个，身上寸缕不着，胸口沾着干了的血迹。马荣颇有兴致地看了看死者强健的肌肉，带着几分赞赏的口吻说道："真够壮实的！"

"赶快把樊夫人的尸体挖出来。"狄公对裴九厉声呵斥道。

裴九拿着铲子用力往下一铲，碰到了下面的石头。下面没有尸首了。他回头看着狄公，茫然不知无措。

狄公气急了，大声喝道："裴九，你这个恶棍，你对那女人做了些什么？"

"小人发誓，"裴九哭喊着："小人不知道呀，大人。那天我只是把樊大人和樊夫人的尸首丢在这灌木丛了。我什么也没埋啊，我也压根没见过这个秃瓢。大人，我发誓我说的句句是实话！"

"出了何事？"狄公听身后传来一声文雅的询问。

狄公回身一看，见来人身形浑圆，穿着刺绣的紫色锦缎袍子。此人是个美髯公，浓密的胡子在胸前飘拂，头上戴着举人的高帽。他飞快地瞥了狄公一眼，然后双手拢袖，深施一礼，说道："在下名叫曹和贤，是此地的地主，但更愿意被称为举人。在下斗胆问一句，大人可是蓬莱新任县令？"狄公点头称是。他又继续说道："适才我骑马经过此地，田里种地的农户告诉我，说衙门的人到樊大人的庄子上来了。我跟樊大人是近邻，故而贸然过来，看能否为大人效劳。"

说着，他眼睛却朝狄公身后的尸首望去。狄公见状，赶紧挡在他前面，生硬地说道："本县正在调查一桩命案，还请到路边等候，本县回头便来找你说话。"

曹举人赶忙躬身退下。

洪亮说："大人，那和尚的尸首上并没有遭遇暴力的迹象，看上去像是正常死亡的。"狄公说道："下午回衙门让仵作验尸便知。"他又接着对裴九说："说说看，樊夫人长什么样？"

裴九带着哭腔回答："大人，小人实在是不知道。那天来的时候我并没有看到她，后来发现她的尸体时，她脸上满是血。"

狄公无可奈何地叹口气，"马荣，你去叫衙役们过来。乔泰，你在此处看守现场，别让这家伙跑了。等衙役们来了，用树枝做个担架，把尸首抬回县衙，然后再把这家伙关进牢房。回去的路上，你去趟仓房，带裴九去指认现场，看他把床褥和死者的衣物都藏在了仓房的什么地方。本县和洪亮要再回农庄仔细勘查现场，还要找裴九的女儿问话。"

狄公快步超过曹举人，见他正小心翼翼地穿过灌木丛，而他的仆人则已牵着驴子在路边等候了。狄公对曹举人说："曹举人，本县现在还有要事处理，待我处理完这些，一定去府上拜会。"

曹举人深施一礼，胡子如扇子般散开。他翻身上驴，把手杖放在鞍上，一路小跑着走了，仆人则跑着跟在后面。

"我还从未见过这么气派的胡子。"狄公颇有些羡慕地对洪亮说道。

回到田庄，狄公吩咐洪亮去地里叫回素娘，然后自己径直走到卧房。

卧房里摆着一张大床、两张凳子和一个式样简单的梳妆台。靠门的角落里安着一张小桌子，上面放着油灯。狄公俯身仔细检查着光床，发现靠近床头的床架子上有一个很深的豁口，木头茬子还很新，看来豁口是最近才有的。狄公若有所思地摇摇头，又走到窗户边，看到窗闩已然损坏。正待转身，他注意到靠窗的地上有张折着的纸，拾起来一看，里面包着一把女人用的骨梳。骨梳上面嵌着三个彩色的小珠子，花哨而又粗陋。狄公把骨梳收好，纳入袖中。他颇有点困惑，难道此案与两个女人有关？他在草堂里拾到的手帕，乃是富贵人家的女眷所常用，而这把梳子毫无疑问是农家女常用。他叹了口气，遂进了客厅，洪亮和裴九的女儿素娘正站在那里等他问话。

狄公注意到，素娘看上去十分害怕，甚至不敢抬头看他一眼。他和蔼地说道："素娘，听你父亲说，那天你做了鸡肉给樊大人吃，味道非常不错。"

女孩羞涩地看了狄公一眼，脸上露出一丝微笑。

狄公继续说道："乡野风味比城里的饭菜好吃得多。本县猜想，樊夫人一定也很喜欢你做的菜吧。"

素娘的脸色一沉，耸耸肩，说道："樊夫人甚为清高。她坐在凳子上，一声不吭，我向她请安，她连看都不看我一眼。"

狄公问道："但后来收拾碗筷的时候，她跟你说过话，对吗？"

"不，那时候她已经躺下了。"素娘马上答道。狄公捋着胡须沉思了一会儿，接着又问："你可认识顾夫人？就是曹和贤的女儿，她是新近嫁到城里去的吧？"

素娘说："我远远看到过她几次，和她弟弟一起。周围人都说她心地善良，是个好人，不像城里那些太太。"

狄公说："如此甚好，你给我们带路，本县要去曹和贤家。然后你跟我们一起进城，你父亲也到城里去了。"

十

访曹宅举人弄玄虚 勘案情狄公悟玄机

狄公吃惊地发现，曹家宅邸是一个三层塔楼，建造在山坡之上，四周皆种满了松树。狄公让洪亮和素娘在大门口等候，自己则随曹举人上了塔楼。

楼梯狭窄，曹举人一边上楼，一边解释说，这塔楼原是个瞭望塔，以前战乱时曾在里面避过难。曹举人的父亲是个茶商，塔楼虽是他家的祖产，但他们之前都住在城里。曹举人的父亲过世后，曹举人就卖掉城里的房子搬到了这里。曹举人卖个关子说："待会儿大人看到我的书房就会明白，我为什么要迁居此处。"

两人来到顶楼。这是个八角形的房间，四面都是宽大的窗户。曹举人指着窗外开阔的景色说道："大人，我喜欢开阔的地方，有益于深思明辨。我可以在这里思考天地万物之奥秘，并从中获得灵感。"

狄公随口附和了几句。他注意到，从北面的窗户望出去，那座废弃的寺庙尽收眼底，但通往寺庙的小路却被树丛遮住了。

狄公在大书桌前坐下，见桌上堆满了书卷。曹举人迫不及待地问道："大人，京城中人如何评价我的学说？"

狄公此前从未听过曹和贤的名字，不过他还是礼貌地回答："本县听闻曹举人的学说颇有新意。"曹举人听罢，面露喜色，满意地说道："不少人赞赏老夫的学说，称是独辟蹊径，大有新意。"说完，他从大茶壶里倒了一杯茶给狄公。

狄公问："令爱失踪一事，曹举人可有什么想说的？"

曹举人看起来一脸烦恼。他仔细地将胡子理好，冷冷地说道："大人，小女看上去安分守己，实则麻烦不断。这都是我自找的，每每想起这些，我便心烦意乱。我教会她读书写字，哪知她尽痴迷读史书秘闻，大人，这实在是令人痛心。"

狄公小心翼翼地说道："读史书也非一无是处，至少可以从中借鉴一些。"

曹举人不屑一顾地"哼"了一声。

狄公客气地问道："本县冒昧问一下，您为何将令爱嫁给了顾孟平？听闻您曾说过，佛教只是一种毫无意义的偶像崇拜罢了。某种意义上讲，我也赞同您的观点。但是，顾先生却是个狂热的佛教徒。"

“唉，”曹举人生气地说道：“这都是两家女眷背着我安排的。大人，女人真是愚不可及。”狄公虽然觉得这论断过于武断，但也无心跟他争辩。于是，他又问道：“令爱可与樊忠熟识？”

曹举人大手一挥，道：“大人，老夫对此毫不知情。或许她见过樊忠一两次。就说上个月，樊忠这乡巴佬来找我谈两家田庄界石的事情。大人，老夫堂堂举人，……竟然要跟他谈什么界石。”

狄公转开话题：“这四面都放着书架，却都空空如也。您的书都去了哪里？像您这样的博学之士，藏书一定是汗牛充栋。”

曹举人漠然答道：“老夫确实曾经有很多藏书。然而我读的书越多，越发现书中内容大多迂腐陈旧，不值一提，因此我把藏书都赠予我那侄子曹风了。他住在京城，大人也许认识他，他也是个迂腐之人。”

狄公依稀记得哪次酒宴中见过曹风，是个两耳不闻窗外事、一心只读圣贤书的书呆子。狄公本想捋捋胡须，但见曹举人颇为郑重地捋着胡须，遂颇为郁闷地停下手。曹举人眉毛一扬，说道：

“狄大人，且让老夫大致说说我的学说，言简意赅。当然，老夫的理念也很简洁，宇宙万物……”

狄公赶紧起身，不容分辩地说道：

“曹举人，甚是抱歉，目下公事繁忙，待有闲暇再来听您讲经授学。”

曹举人感到十分扫兴，也只好送狄公出门。上马之前，狄公对他说道："明日本县要升堂审理令爱失踪一案，还请您前往县衙一趟。"

曹举人气恼地说道："老夫平生最厌此等俗务，实在是搅我清修。小女既已出嫁，她的生死便是夫家的事，不是吗？此事老夫断然不会插手。凡人应顺天命，他人不必多干预……"

"告辞。"狄公不愿多言，遂上马离去。

狄公、洪亮及素娘三人骑马下山。行至途中，一个长相俊秀的年轻人突然拦住三人，躬身施礼。狄公勒马停下，只见年轻人热切地问道："大人，可有家姐的消息？"

狄公摇摇头，年轻人咬了咬嘴唇，突然脱口说道："大人，全都是小人的错！大人，求您一定要找到她。家姐聪慧，善骑射，我二人常伴一处，她本该如男儿一般。"说到此处，他声音哽咽道，"家姐和我都喜爱这乡间生活，家父却总想搬到城里，自他生意亏本以后……"说到这里，他紧张地往后看了看，"小人不该打扰您，跟您说这些，家父会生气的。"

"不妨事，"狄公赶忙安慰道。这年轻人快乐、开朗的样子着实让人喜欢。"本县揣测，令姐出嫁以后，你必定感觉很孤单。"年轻人听罢，脸色一沉，道：

"大人所言极是，但家姐的日子更为寂寞。她告诉我，她对那个姓顾的毫无爱慕之情。但女子总归是要嫁人的，家父又是恩威并施，要她嫁给姓顾的，那就只能听天由命了。大人，家姐总是这样，性情平和，知足常乐。但是，那日她归宁回来，跟往日大不相同，她看上去闷闷不乐，也不肯与我谈及她的家事。大人，她出了什么事?”

狄公宽慰他道：“本县正在全力寻找令姐。”说完，他从袖笼里取出那块手帕，问道：“这可是令姐之物?”

“我实在看不出来，”年轻人不好意思地笑道，“大人，女眷的东西看上去都差不多。”

“说说，”狄公问道，“樊忠常来你家吗?”年轻人答道：“只来过一次，是为一件要紧事，不得不来见我的父亲。不过我倒是在田庄附近见过他几次。他身强力壮，善射，还教过我怎么制作弓弩，实在是个有趣的人。我很喜欢他，却很讨厌另一个常跟他一起来的人，姓唐，也是衙门里的，总是一副鬼鬼祟祟的样子。”

狄公说：“一有令姐的消息，本县定当知会令尊，告辞!”

一行人回到县衙。狄公吩咐洪亮安置好素娘，等候升堂。

马荣和乔泰此时正在二堂等候狄公。

马荣回禀道：“大人，我们在仓房发现了床褥、血衣和镰刀，女人的衣服与顾孟平所述一致。我已派人前往白云寺，让他们派个人来认尸。仵作正在验尸，已将裴九押入监牢。“

狄公点头赞许，接着又问道：“唐大人是否当值?”乔泰说：“我已差人知会他樊大人的死讯，他应即刻赶来。大人，您在曹举人处可找到什么新线索?”

狄公听到这里，既惊且喜。二人自随他任职以来，所做之事无非是奉命行事，从不多话，这是头一次主动提问，足见二人已全身投入，且渐入佳境。

想到此处，狄公答道："并无甚新线索。曹举人此人夸夸其谈，自吹自擂，所言多不足信。曹举人的女儿出嫁前可能跟樊忠相识。而据她胞弟说，她对自己的婚姻并不满意。这些跟案情并不相干，不妨再审裴九和他女儿，看能否有所收获。"

狄公又道："本县即刻下发海捕文书，全力抓捕吴山。"马荣说道："只要他出手贩卖马匹，定会露出行踪。马贩子和官府关系密切，往来也多，有特殊标志的马匹出现也会格外引人注目。要卖掉偷来的马，实非易事。这都是我听来的，想来也错不了。"

狄公笑了笑，坐下来撰写海捕文书，并派人即刻誊写，送往各处。

正在此时，升堂的锣声想起，马荣赶忙伺候狄公换上官服。

发现樊忠尸体的消息已然传开，大堂里挤满了好奇的百姓。

狄公下令将疑犯裴九带上堂来。他命裴九将案发前后之详情重新供述。一旁书吏录下口供，裴九在口供上签字画押。狄公接着审问："裴九，即便你说的俱是实情，你也犯下知情不报、包庇罪犯的罪过。本县暂且将你羁押，等候判决。现在，传仵作上堂。"

当下裴九被带下堂去，沈大夫跪在堂前。

"大人，小人已仔细验过樊忠的尸首，是被利器刺中喉部而死。另一死者经白云寺监院慧鹏指认，是该寺的和尚智海。智海的尸体上未发现伤口、瘀青等等，也未见有中毒的迹象。小人推测，他是突发心疾而亡。"

说罢，沈大夫起身呈上尸格。狄公吩咐他退下，接着又传裴素娘上堂。

洪亮将素娘带上堂来。此时她已梳洗打扮，看上去倒是比在农庄时多了几分俏丽。

马荣悄悄对乔泰说道："看，我早就告诉过你，这丫头不难看。农家姑娘打扮起来一点不比城里姑娘差。"

素娘看上去很紧张，但狄公耐心的问话，帮她回忆起当日的情形。"你从前可曾见过樊夫人？"素娘摇摇头。

"那你如何知道来的女子便是樊夫人？"

素娘说："他们睡在一张床上，难道不是夫妻吗？"看热闹的人哄堂大笑。狄公一拍惊堂木，大喝一声："肃静！"

素娘低着头，不知所措。狄公注意到她头上插着的梳子，觉得眼熟，赶紧从袖笼里掏出在农庄卧室捡到的那把梳子，仔细一看，两把梳子竟然一模一样。

"素娘，看看这把梳子，我在你家找到的，是你的吗？"

素娘抬起头，露出开心的笑容，情不自禁说道："他到底给我买来了。"说完，她似乎意识到不对，惊慌地捂住嘴。狄公温和地问道："谁给你买的？"

素娘突然放声大哭："小女子不敢说，我爹会揍我的。"

狄公说："素娘，你须明白，大堂之上必须回答本县的提问。你父亲已然深陷凶案，倘若你如实回答问题，或许会给他减罪。"

素娘却很顽固，坚定地摇摇头，"大人，此事与我爹无关，也和此案没有关系，小女子不能说。"

"还不快快从实招来，小心打得你皮开肉绽。"班头一边嚷嚷着，一边举起鞭子。素娘吓得浑身发抖，不停抽泣。

狄公喝令班头不得动粗，又朝马荣和乔泰看了一眼。马荣拍拍胸脯，示意狄公让他去试试。狄公犹豫片刻，点头同意。

马荣快步走到素娘跟前，小声跟她说了句什么，素娘马上停止抽泣，使劲点头。马荣又对她耳语了几句，鼓励地拍拍她的背，又回头对狄公使了个眼色，便走回自己原来的位置。

素娘用衣袖擦干眼泪，抬头看着狄公说道："大约一月之前，我在田间种地，阿康说我眼睛长得好看。我们一起在仓房吃饭的时候，他说我的头发好看。那时爹不在家，所以我跟他一起去阁楼，然后……"她顿了一下，不顾一切地说："我们就在阁楼……"

狄公说："本县明白了，那么阿康是谁？"

素娘吃惊地说道："大人，您不认识阿康？这里的人都认识他。哪家有干不完的农活就雇他打短工。"

狄公又问："他可曾说过要娶你为妻？"

素娘骄傲地回答："说过，说过两次！但我没有答应。我告诉他，我不能嫁给一个打短工的，我嫁的人得有自己的地，我叫他以后不要再偷偷摸摸来找我。我已年近二十，得尽快嫁人。阿康说，若我爱上别人，一定会杀了我。人们都说他好吃懒做，小偷小摸，可他的确钟情于我。"

狄公问："那这把梳子又是怎么回事？"

素娘微笑着说道："他实在是有些手段。我最后一次见他的时候，他说要送我一件珍贵的礼物，让我永远记住他。于是我告诉他，我想要一个与我头上戴的一样的梳子。他说就算是走遍全城也要找到这样的梳子。”

狄公点点头，说道：“好，暂且先问你这些，你在城内可有地方住?”

素娘说：“有个姑姑住在码头边。”

洪亮把素娘带下堂去。狄公问班头：“你可知这阿康是什么人?” 班头不假思索地答道：“大人，此人是个十足的恶棍，半年前因抢劫被杖刑五十。两月前西门旁的赌场老板被杀，也极有可能是他所为。此人居无定所，四处游荡。”

狄公靠坐在椅子上，拿着梳子把玩了一会儿，突然站起来说道：

“经现场勘察及当庭审问，本月十四日晚杀死樊忠和穿着顾夫人衣服的女眷的凶手乃无赖阿康。”

听闻此言，堂下听审百姓惊异声一片。狄公一拍惊堂木，接着说道：“本县认为，樊忠的仆人吴山是第一个发现他主人被害的，之后顺手偷走钱匣子和马匹逃跑了。本县即刻发下文书，捉拿阿康和吴山。”

“本县还需继续调查，以便弄清跟樊忠在一起的女眷到底是何人，并找出她的尸首。此外，和尚智海与此案的关联也需进一步核实。”

说完，他一拍惊堂木，宣布退堂。

回到二堂，狄公对马荣说道：“你去看一下裴素娘是否已安全到了她姑姑家，不能再出什么纰漏了。”

马荣领命离开。洪亮蹙眉疑惑道："大人方才公堂上所说，小人百思不得其解。"

乔泰说："小人也不明白。"

狄公一口气喝完茶，说道："当时本县一听完裴九的证词，便马上排除吴山是凶手的可能。第一，倘若吴山蓄意谋害主人，他大可在往返登州的途中下手，这样的机会更多，而且还不易被人发现。第二，吴山是城里人，即便杀人也是用刀而不是镰刀。对从不做农活的人来说，镰刀用起来可是一点儿也不顺手。第三，只有在那农庄干过活的人才能在夜间找到镰刀。"

"吴山无意间发现主人被害。他担心被牵连，可又觊觎主人的钱财，便偷了钱匣逃走了。"

乔泰佩服地说道："大人所言极是。但您又是从何判断凶手是阿康？"

狄公说："阿康杀人完全是误杀。那天阿康买到了素娘要的梳子，晚上带着梳子来找她，希望跟她重修旧好。当他路过卧房的时候，看到里面有灯。出于好奇，他推开窗户往里看，模模糊糊看到床上躺着一男一女，以为是素娘和她新找的情人。他本是无赖，遂转身找到镰刀，从窗户跳进卧房，朝床上的二人砍过去。想是翻窗的时候，梳子从袖子里掉了出来，我是在窗户边拾到的梳子。至于他是否知道自己杀错了人，本县就不得而知了。"

乔泰说："小人揣测，他很快便知道自己杀错了人。像他这种无赖，行凶以后不会立刻离开，一定会在屋子里找些值钱的东西顺走。他会仔细看被害人身上有无首饰钱财，就会发现他杀的不是素娘。”

洪亮问：“那女人到底是谁？还有那个和尚又是怎么回事？”

狄公皱着眉头说道：“关于这两点，本县也毫无头绪。被害人的衣物、骑的马以及失踪的时间都跟顾夫人相吻合。但从顾夫人的父亲和兄弟的讲述中，我大体可判断出她的性格。她出嫁前后都不可能跟樊忠这个混蛋有染。而且，曹和贤是个自大狂妄之人，他对女儿失踪一事漠不关心，似乎有悖常理。本县始终觉得被害的女子不是顾夫人，曹和贤对此心知肚明。”

洪亮说：“先生所言极是。但小人认为，这女子小心翼翼地不让裴九和素娘看到她的面孔，说明她正是顾夫人，不愿意被人认出来。顾夫人的兄弟说过，他和姐姐经常一起到田间骑马，裴九父女或许见过她。”

狄公叹口气说道：“正是！裴九看到她的时候她满脸是血，无法确认是不是顾夫人。至于那和尚，午饭后本县会去白云寺一趟，看能否找出些线索。洪亮，叫仆役们备好官轿。乔泰，你跟马荣午后出去搜捕阿康。昨晚你二人誓言要为本县分忧，这正是你们立功的好机会。搜捕的时候，你二人也可去那废弃的小庙看看，或许那被害的女子就埋在那里。如果是有人盗尸，也不可能走得太远。”

“大人请放心，我们一定将阿康捉拿归案。”乔泰信心十足地说罢，领命离去。

仆人送上午饭，狄公正要举筷，乔泰又回来了。

“大人，我适才经过牢房，见其中一间放着那两具尸体。我看到唐主簿坐在樊忠尸体旁，拉着他的手默默流泪。难怪酒馆的店家说那唐主簿行为怪异。大人，这情形委实诡异，您千万别去牢房查看，以免受惊。”

说完他重又转身离去。

十一

白云寺狄公会住持
硕孟平凭栏诉隐情

用罢午饭，狄公一行前往白云寺。一路上，狄公一言不发。直到轿子走到绛桥，远远可以看到白云寺时，他才对眼前的美景赞叹了几句。白云寺庄严肃穆，白色的大理石大门和琉璃瓦屋顶在苍翠的山林映衬下美不胜收。

拾级而上，进入寺内，轿夫们在一四周围廊的宽敞院落里落了轿。狄公下得轿来，见一老僧迎了出来。狄公遂将大红名刺递上。老僧说道：“海云住持适才刚做完午课。”

他带众人又穿过三进院子，每进院子间都有雕花的石阶相连，随山势一进比一进高。

到了第四进院落，狄公见后面有一段陡峭的台阶，台阶之上有一方狭长的平台，一直延伸到长满青苔的岩石里，仔细一听，还有潺潺的流水声。

“此处可有泉水？”狄公问道。

“正是，大人。”老僧答道，“四百年前，这股泉水从下面的岩石中喷涌而出，正是在此处，本寺先祖发现了弥勒佛像。之后，佛像便供奉在峡谷另一侧的庙堂里。”

狄公发现平台与高高的岩墙之间有一道宽约五尺的峡谷。一座由三块横木板铺就的窄桥横跨其上，通向一个黑黢黢的大山洞。

狄公踏上窄桥，向下一看，峡谷深约三丈，一道湍流涌过乱石，习习凉风自谷底下吹来，令人神清气爽。

过了桥，狄公在岩洞口瞧见一座金色佛龛，后面挂着红色的绸布帷幔，里面显然就是供奉最神圣的弥勒佛像的庙堂。

“住持就在平台尽头。”老僧说着，领狄公二人来到一座飞檐禅房前。禅房所在，古木参天，遮天蔽日。老僧进去通报，片刻返回，请狄公进去，洪亮则在屋外石凳上坐下乘凉。

禅房内，狄公见铺着红绸垫子的雕花乌木坐榻占了大半个屋子，榻上盘腿坐着一个人，身材矮小，体形浑圆，身披一袭袈裟。那人微微颔首，示意狄公在榻前的雕花大扶手椅上坐下，转身将狄公的名刺恭恭敬敬地放在榻后壁龛的祭台上。狄公看看四周，见墙上挂着许多帛画，上面绣着佛祖故事，屋子里弥漫着浓浓的异香。

老僧将一方雕花紫檀木小茶桌放在狄公身旁，给他倒了一盏芳香四溢的清茶。狄公呷了一口，住持这才用他浑厚的嗓音说道：

"老衲本打算明日去县衙拜见大人，不想大人竟先来一步，实在是折煞老衲了，老衲实不敢当！"

他那双大眼睛坦诚地看着狄公，神情十分和蔼。虽然狄公信奉儒家学说，对佛家教义无甚好感，但他却觉得眼前这位身材矮小的住持举止端严，非同一般，遂赞叹寺庙巍峨，风景优美。

住持抬起手打断道：

"全靠弥勒佛祖照拂。四百年前，佛祖现身人间，他交脚而坐，高约五尺。本寺先祖在山洞中得见这尊佛像，便在此建了白云寺，以庇佑我朝东境及往来船只。"说到此处，住持转着手里的琥珀念珠，口诵几声阿弥陀佛。接着，他又说道："贫僧本想亲自登门拜见，邀大人来敝寺参加即将举办的典礼。"

"本县荣幸之至，"狄公说着躬身一揖，"只是不知是何典礼？"

住持解释道："虔诚的佛教徒顾孟平已获允准，要打造一座真身大小的弥勒佛像移座京城白马寺。此人竭尽所能终得所愿。他请了山东最好的佛像雕刻家方大师为本寺弥勒佛像精心量身绘图，方大师依着他的笔记在顾宅忙了二十一天，终于用松木雕成此尊佛像。在此期间，顾先生一直尊方大师为贵客，佛像雕成之时，他还大摆宴席为方大师庆功。今早，顾先生派人将松木雕像用精美檀木箱装好送到了本寺。"

住持点了点头，露出满意的微笑。显然，这些事对他而言意义重大。继而他又说道："一旦选定良辰吉日，佛像便会在本寺开光。军寨守捉使业已为我寺请得旨意，佛像不日便可由骑兵护送运往京城。日子和时辰一定，老衲定会向大人禀告。"

“住持，良辰吉日已定，”狄公身后传来一个低沉的声音，“就在明晚二更末。”

一位高高瘦瘦的僧人走了进来。住持向狄公介绍，这便是白云寺监院慧鹏。

“大师可是今早指认过和尚尸体？”狄公问道。

监院点了点头，气氛颇有些凝重。

“智海为何在那时出现在那偏僻之地，”他说道，“敝寺上下都很疑惑。唯一的解释，便是他被那附近的农夫叫过去做法事，不料却被劫匪埋伏了。想必大人已经找到了些线索？”

狄公捋了捋腮须，说道：“据本县推断，事发之时应该还有第三个人，此人当时正想方设法藏匿一具女尸，不巧智海经过，便想抢了他的袈裟裹住女尸。要知道，发现智海之时，他只着了内衣。因此本县推断，双方扭打之时，那人突然袭击智海，导致他猝发心疾而死，但那人是何身份，我们尚且不知。”

慧鹏点了点头，问道：“不知大人在他尸身旁可发现他的禅杖？”

狄公思索片刻，简短说道：“没有！”突然，他想起一事，甚是可疑。当时曹和贤突然出现在桑树林中，分明两手空空。可就在狄公打他身旁回到路上之时，他却拿了一根长棍。

“大人光临寒寺，贫僧想借此机会向您禀报一事，”慧鹏继续说道，“昨夜，三名劫匪潜入本寺。他们翻墙逃走之时，正好被我寺小沙弥撞见。他赶紧撞响了警钟，不想那三人已逃入树林中消失不见了。”

“本县会尽快彻查此事，”狄公说道，“不知那小沙弥可有看清那三人模样?”

“当时黑灯瞎火的，他并未看清，”慧鹏答道，“但据他说，三人身材都很高大，其中一人留着稀疏又参差不齐的胡子。”

“若他看得再清楚点，”狄公说道，“定会对此案有所帮助，不知寺内可有什么贵重物品丢失?”

“那些人不熟悉寺内布局，”慧鹏答道，“只搜了后院，那里只有几具棺材!”

“那便好!”狄公对慧鹏说罢，转而向住持继续说道：“明晚开光之时，本县定来贵寺观礼。”

狄公起身施礼告辞，慧鹏和老僧将他和洪亮送到了轿前。

返衙途中，又行至绛桥，狄公对洪亮道：“马乔二人天黑之前怕是无法赶回，不如绕着北门外的船坞和码头走走吧!”

洪亮依言吩咐轿夫往北门外走，他们遂沿城内第二条集市大街向北走。

北门外熙熙攘攘，好不热闹。船坞内矗立着数条大船，大船两侧皆以粗大的木柱固定。船上船下皆是工匠。他们腰间仅缠了块腰布，指令声、捶打声不绝于耳。

狄公从未到过船坞，于是与洪亮穿过人群，饶有兴致地四下看着。船坞尽头，两人发现一艘大舢板侧向一边倒在地上，六个船工正在下面点火，顾孟平和他的管事金尚正在旁边与工头说着什么。

顾孟平见狄公与洪亮到访，赶紧打发了工头，一瘸一拐地迎上前来。狄公有些好奇，询问他这些船工都在做什么。

“这是我最大的一条舢板船，”顾孟平解释道，“时间长了，龙骨上缠了许多杂草和藤壶，这些东西会影响船速，于是命船工们将船身翻过来清理，然后再重新修整一遍。”狄公想仔细瞧瞧，便又往前走了几步，顾孟平却拉住他的胳膊，提醒道：“大人，切不可走太近！几年前一根船梁受热松动，突然掉下来，刚好砸在我右腿上，这腿伤至今尚未痊愈，所以我不得不一直拄着竹杖。”

“你这竹杖倒是精致，”狄公赞道，“南方的斑竹在此地十分罕见啊。”

“我这竹杖是抛光后才有的成色，”顾孟平高兴地和狄公说道，“但这种竹子用来做手杖实在太细，所以我不得不将两根并在一起。”突然，他看上去有些失落，接着低声说道：“那日升堂我也在场，听完大人审案，草民深感不安，贱荆所为，令我和我的家族蒙羞!”

“顾先生，切不可妄下论断，”狄公说道，“本县当日已经说得明明白白，女尸的身份尚未查明。”

“大人办案严谨，草民不胜感激。”顾孟平急忙说道，接着飞快瞥了一眼金尚和洪亮。

狄公从袖中掏出一块刺绣的丝绸手帕，问他道：“你可认得这手帕?”

顾孟平瞟了一眼，答道：

“自然认得，这是草民给贱荆的礼物，不知大人从何得来?”

“在那荒庙附近的路边发现的，”狄公说道，“本县认为……”

他突然陷入沉默，想起适才竟忘了询问住持，那荒庙缘何会人去寺空的。“你可听过关于那荒庙的传闻?”狄公问顾孟平道，“百姓说那里闹鬼，显然是一派胡言。但若真有人在晚上装神弄鬼，本县定要彻查。此事很可能与白云寺的一些奸僧有关，他们在那里干了些见不得人的勾当。智海出现在樊忠田庄附近，可能也是因为这个，或许他正是要赶往那荒庙去！本县现在便回去找住持或监院问个究竟。对了，住持已将你敬献佛像一事告知于我，开光仪式已定在明晚，届时我也会到。”

顾孟平深施一礼，接着说道：“大人难得来此一趟，不妨尝些小吃再走！码头那边有家酒楼，水煮螃蟹甚是出名!”说罢，他又对金尚道：“你退下吧，忙你该忙的去!”

狄公本想折回白云寺问个究竟，但又想从顾孟平口中套出更多关于本案的线索，于是吩咐洪亮先回县衙，自己则跟顾孟平走了。

时近黄昏，狄公二人来到水边那家雅致的酒楼。此时，酒楼檐下的彩灯已然点亮。狄公与顾孟平凭栏而坐，水边凉风阵阵，船上的彩灯摇曳，甚是令人愉悦。

小二端上来一大盘清蒸螃蟹，顾孟平开了几只递给狄公，狄公用银筷将蟹肉挑出，蘸了点姜汁，发觉很对胃口。一小杯黄酒下肚，狄公对顾孟平道：“适才在船坞交谈时，你似乎非常确信，在樊忠田庄出现的那名女子便是尊夫人。当时金尚在场，我怕追问此事会让你尴尬，但你怀疑她对你不忠可有证据?”

顾孟平皱了皱眉，顿了片刻，答道：“大人，曹氏与我成长环境迥异，娶她为妻本就不合适。我虽富裕，却从未念过书，所以便想娶一位书香门第之女，谁知竟铸成大错。虽只做了三日夫妻，但我知道，她并不喜欢这种生活。我尽力去理解她，她却无动于衷。”顾孟平突然声音有些哽咽，“她认为我配不上她，再加上她从小接受的教育颇为宽松，我想，说不定她出嫁前就已与人有染……”

他嘴角抽搐一下，端起酒杯一饮而尽。

“夫妻之事，”狄公说道：“外人不好评说。你的怀疑有一定的道理，但我依然认为，与樊忠在一起的女子并非尊夫人，而此女子之生死也还有待查证。至于尊夫人，她遇到什么麻烦，我想你比我更清楚。若真如我所言，我劝你现在如实说来，对你对她都好。”

顾孟平飞快地瞥了他一眼。狄公本以为他此时内心恐惧，不想他竟平静地说道：

“大人，草民已将所知悉数禀告。”

“河面薄雾渐起，”狄公起身说道，“本县该走了，多谢款待！”

顾孟平将他送到轿前，狄公坐上轿子折回东门。轿夫急着要吃晚饭，走得格外急。

见狄公折回寺内，白云寺门房颇感惊讶。

第一进院落中空无一人，高处的主殿中传来整齐的诵经声，显然僧人们都在上晚课。

一小沙弥迎上前来，说住持和监院正领着僧人们上晚课，但他可以带狄公先到住持禅房喝茶。

他带着狄公穿过空旷的庭院。行至第三进院落时，狄公突然

焚化炉前狄公费疑猜（高罗佩　绘）

停下了脚步。

“后院着火了!”他大喊道。

他看到浓烟和巨大的火苗从下面的院子里升腾而起。

那位小沙弥笑了笑。

“他们正准备火化智海。”他说道。“我还从未见过火化仪式,”狄公大声说道,“不妨去那边看看。”说着便要下台阶,那小沙弥赶忙拉住他的胳膊。

“外人不得观看!”他说道。狄公甩开他的手,冷冷言道:“无知小儿,睁大眼睛看看,本县乃蓬莱县令,还不快快带路!”

后院前方放着一只巨大的火炉,旁边一名僧人正忙着拉风箱。他身旁放着一只陶罐,火炉旁边还有一个巨大的椭圆盒子。

“尸体在何处?”他问道。

“在那檀木棺中,”小沙弥颇有些不耐烦,“今日下午晚些时候,县衙里的人用轿子将尸体抬了过来,那陶罐便是用来装他骨灰的。”院内灼热难当,狄公赶紧说道:

“且带我去住持的禅房!”那小沙弥领狄公上到平台,说自己先去找住持了。他似乎已将喝茶的事忘得干干净净,但狄公并未介意。他踏上平台,一股清冽之气从下面的峡谷涌上来,对刚从熔炉边过来的他来说,实在是一种享受。

突然,隐约之中传来一声喊叫。狄公停下脚步仔细谛听,发现除了潺潺流水声,再无其他。过了片刻,却又传来一声,声音越来越大,最后变成了呻吟,竟是从弥勒佛庙堂那边传来的。

狄公赶紧走上通往岩洞的木桥。刚往前走了两步,他便怔住了。透过峡谷升起的薄雾，他隐约看见，桥那头站着的竟是死去的王县令。

狄公心头不禁一颤。他一动不动，盯着身穿灰色长袍的鬼魂。只见他眼神空洞，深陷的双颊已生出些霉斑。看着眼前这可怕的景象，狄公心里一阵恐惧，无法言说的恐惧。那鬼魂慢慢抬起枯瘦透明的手，往下指了指桥，边指边缓缓摇头。

狄公顺着他指的方向朝下看了看，只看见桥上几块宽木板，再抬起头，鬼魂好像渐渐被薄雾吞噬，慢慢消失不见了。

狄公一阵颤抖，小心翼翼地伸出右脚，在桥中间的木板上试探，不料那木板竟塌了下去，撞在峡谷底部的岩石上。

他看着脚下的缺口，愣了半天。过了片刻，他收回右脚，擦了擦额上的冷汗。

“大人，让您久等了，贫僧实在过意不去!”身后传来一个声音，狄公回身一看，见是慧鹏站在那里。狄公默默指了指那掉落的木板。

慧鹏愤怒地说道：“贫僧已向住持提过多次，这些木板早已朽烂，务必要更换了，否则总有一天要出大事!”

“差一点便出大事了，”狄公冷冷言道，“得亏我听见岩洞中传来一声喊叫，及时收住了脚。”“大人，应该是猫头鹰的叫声。”慧鹏说道，“它们在岩洞入口筑了巢。实在抱歉，住持晚课尚未结束，抽不开身，大人可有什么事需要我效劳?”

“代我向住持问好!”狄公答道。

说罢，转身走向台阶。

十二

搜破庙阿康吐实情 勘横梁油漆匠失踪

马荣将素娘送至其姑姑家。素娘姑姑是个开朗热情的老太太，见衙门官爷亲自护送自家侄女回来，便要留马荣吃过饭再走。在县衙，乔泰苦等马荣不来，也便先跟衙役们一块儿用饭。刚吃罢饭，马荣便回来了，二人遂骑马出门。刚出衙门口，马荣就问乔泰道："你可知素娘刚刚对我说甚？"

乔泰随口答道："说你是个好人呗。"马荣苦口婆心地说道："老兄，你对女人实在是知之甚少。她当然觉得我是个好人，但她断然不会说出口的，至少不会刚刚认识就说。她说我很善良。"

“老天爷，”乔泰吓了一跳，大叫道，“你很善良！这可怜的傻丫头。不过我也不必为她担心，你根本没有机会。你忘了她在大堂上说的话了吗？你没有土地，她是断然不会嫁给你的。”

马荣沾沾自喜地说道：“老兄，我在她那另有所获。“

“兄弟，我劝你别胡思乱想了，”乔泰说道，“我们还有差事要办。班头告诉我，阿康不可能在城里，他很少进城，进城来就是喝酒赌博。因此我们必须去乡下找他。他很可能就藏在乡下哪个角落。”

马荣说：“那家伙就是个土包子，我觉得他不会跑太远，大概就躲在城西的树林里吧。”

“他为何一定要躲起来呢？”乔泰说道，“他一定觉得，没人会把他与凶杀案联系起来。如果我是他，就会悄悄找个地方待着，静观事态进展。”

马荣说：“如此说来，他有可能躲在破庙里，我们且去破庙一趟，一举两得。”

乔泰调笑道：“老弟此番总算说对了。即刻出发！”说完，他们从西门出城，沿大路策马跑到路口的哨卡，然后下马步行到破庙。

快走到庙门的时候，乔泰小声说道：“班头告诉我，阿康是个蠢人，但他擅长木工，刀工极好，时常与人打架。因此，如果他真躲在这里的话，我们最好小心一点，悄悄进庙里去，不要让他发觉了。”

马荣点点头，和乔泰二人一前一后蹑手蹑脚地走进庙门前的灌木丛。

二人在茂密的灌木丛里走了一阵，马荣抬手拦下乔泰，遂又小心分开灌木，对乔泰点点头。二人仔细打量眼前的这座破庙，见庙墙高耸，因年久失修，墙面斑驳破败，石板路破碎不堪，连庙门都不知所踪。庙里一片死寂，只有几只蝴蝶在野草丛中飞舞。

马荣捡起一块石头朝墙上扔去，石头落到地上，打破了四周的沉寂。二人死死盯着庙门口，看里面是否有反应。

“我看到里面有什么东西在动。”乔泰小声道。

马荣说：“我从这边进去，你从大殿绕到侧门，如果发现什么，吹口哨为号。”

乔泰拨开右侧的灌木丛，马荣则蹑手蹑脚从左侧往前爬行。估计走到破庙左边，他闪身出来，紧贴着墙站着。小心翼翼到了台阶处，他听了听，里面一片死寂。他迅速跑上台阶，冲进庙里，背贴在门旁的墙上。

此时眼睛已适应周围的昏暗，他这才看清，偌大一座佛殿，除了佛龛内供奉着一尊佛像外，别无他物。殿内有四根粗大的柱子，支撑着殿顶的房梁。

马荣从隐蔽处出来，准备到佛龛旁打开侧门。刚过柱子，头顶隐隐有响动，他抬头闪到一边，一个巨大的身影便从梁上飞了下来，正砸在他左肩上。

马荣被黑影砸倒在地，浑身骨头吱嘎作响。那人也倒在地上，但马上又站起来，重又扑向马荣，伸手直奔马荣喉咙。

马荣双脚正中那人的肚子，顺势将其踢飞。正当马荣趁机起身，那人又扑了过来。马荣又是一脚，踢向那人大腿根部，不想那家伙很快闪过，转而近身向前，用胳膊将马荣紧紧缚住。

二人喘着粗气，都想把对方制服。那家伙与马荣一般，又高又壮，但显然不是练家子。马荣渐渐把那人逼至高高的佛龛前，但似乎仍无法抽出自己的手臂。当后背靠住供桌的时候，马荣突然松开双臂，直锁对手的咽喉，同时抬脚用力，掐住喉咙的手一使劲，压得那家伙不断向后仰，那家伙只得松手。此时，马荣用力一推，那人一声刺耳的怪叫，瞬时瘫软在地上。

马荣松开手，任那家伙倒下。他一边喘着粗气，一边去看那人，只见那人双目紧闭，躺在地上一动不动。

突然，那人在地上古怪地扭动一阵，徒劳地想动动自己的手臂。见他睁开眼睛，马荣蹲下身子，知道这个人不中用了。

那人用小眼睛恶狠狠地盯着马荣，黑黝黝的脸不停抽搐着。只听他嘴里嘟哝着："我动不了了。"

"那怪不得我，"马荣说道，"看样子你也活不长了。废话少说，我是衙门的人，你就是阿康，对吧？"

"去死吧，"那人咒骂着，嘴里哼哼唧唧的。马荣走到门边，吹了个口哨，遂又回到阿康身边。

乔泰跑进大殿，只听阿康还在咒骂：“扔石头的伎俩老掉牙了。”

“躲在房梁上偷袭也不是什么新花样。”马荣冷冷说罢，遂又对乔泰说道：“这家伙活不长了。”

“好歹我亲手杀死了素娘。”阿康咕哝道，“那个贱人，水性杨花，离了我转头就去找别的男人，还敢睡在主子的床上。”

马荣说道：“可惜你出了点岔子。我懒得跟你废话，到了阴曹地府你就什么都明白了。”

阿康闭上眼睛，呼吸越来越重，嘴里还在喃喃自语：“我不会死的，我不会出岔子的，我一镰刀下去就把她的喉咙砍断了。”

乔泰说：“你的确是个好手。但是，跟素娘睡一起的是谁？”

“我不知道，我也不管他是谁。”阿康咬牙切齿地说道，“但他该死。他的血溅到素娘身上和脸上，狗男女活该受死。”他边说边冷笑，脸色却越来越惨白。

“你杀人的时候周围还有什么人？”马荣随口问道。

阿康咒骂道：“除了我，什么人也没有，笨蛋！”突然，他看着马荣，眼里透出恐惧：“我怕，我不想死！”

马乔二人看着他，一言不发。

阿康脸扭曲着，勉强露出一丝笑容。接着，他浑身一抽，随后便一动不动了。

“这家伙死了，”马荣嘶哑着声音说道，“刚才他差点要了我的命。他躲在横梁上偷袭我，所幸落下时发出了声音，让我有时间闪过。若他正骑在我脖子上，我必死无疑。”

乔泰说：“你们打了个平手，终究还是你技高一筹。不说他了，别忘了狄大人的命令，赶紧搜查这破庙。”二人把庙里的大小房间和院落翻了个底朝天，可是，除了老鼠，什么也没找到。

回到正殿，乔泰若有所思地看着供桌，对马荣说道：

“老弟，记得吗，庙里的和尚常把值钱的东西藏在供桌后面的暗龛里？”

马荣点头称是：“我们不妨查看一番。”二人推开沉重的供桌，桌子后面的墙上果然有一个又窄又深的壁龛。马荣蹲下身使劲朝里一看，便大骂了起来。

他厌恶地说道，都是些和尚们的破禅杖。

二人出了破庙，来到路边的哨卡，交代当值的兵士把阿康的尸体运回衙门后，又骑马进了西门。此时天已近黄昏。

二人在衙门口碰到洪亮。洪亮说他刚从船坞回来，狄大人今晚与顾孟平在那里共进晚餐。

马荣说道：“如此甚好，我请二位去九华园喝几杯。”三人来到酒馆，见薄凯和金尚也在里面。两人桌上摆着两大壶酒，薄凯歪戴着帽子，看上去很是轻松愉快。

“兄弟们，”薄凯看到马乔二人，大声招呼道：“快过来，一起喝酒！金尚也刚到，你们一起喝！”

马荣走过去，假装严肃地说道：“昨晚你烂醉如泥，还非要给我们唱难听的歌，搅了我兄弟二人的清净，今天的酒钱都算你的，饭钱我付。”

众人听罢，大笑不止。店家端来下酒菜，五个人坐下来，觥筹交错，推杯换盏，不觉酒过几巡。薄凯还要再喝，洪亮站起来说道：“时候不早了，狄大人该回府了，且散了吧。”

“老天爷，”马荣大叫一声，道：“还有破庙里的事要禀报大人，我差点忘了。”

“你二人终于找到门道了？”薄凯不停问道：“说说看，你们在破庙有何发现？”

马荣说道：“我们在破庙找到了阿康。那大殿确实已经废弃了，只剩下一堆破烂禅杖。”

金尚笑着说道：“这线索实在是要紧，狄大人一定会夸奖二位的。”

薄凯想送三人回衙，金尚却说：“让他们先回，我们再喝几杯。”

薄凯犹豫片刻，还是坐了下来，说：“也好，再喝一小杯，我可不想酗酒。”

马荣调侃道：“假如没有别的差事，我们会再回来，到时看你是否还在喝最后一小杯。”

三人回到衙门，狄公已经回来了，正在二堂等着他们。洪亮注意到，狄公看上去疲惫不堪。但听完马荣的禀报，他立刻来了精神。

“如此说来，本县关于误杀的推断是对的。但被杀女子到底是谁还不得而知。阿康杀人后就逃离了现场，连钱匣子都顾不上拿，后面发生了什么他毫不知情。吴山或许见过跟案件有关的第三人，目下最要紧的是赶紧抓捕吴山。”

马荣说道：“我们在庙里和庙外的树林里仔细搜寻过，并未发现女尸，只在供桌后的壁龛发现了些破烂的禅杖。”

狄公听罢，一下坐直身子，难以置信地大叫道：“禅杖？”

乔泰说：“正是，大人，但都是些废弃不用的破旧禅杖。”

“此事委实诡异。”狄公慢悠悠地说罢，遂又陷入了沉思。过了一会儿，他回过神来，对马乔二人说道：“你二人今日辛苦了，赶紧回去休息，本县还有事跟洪亮谈。”

二人告退。狄公重新坐在椅子上，跟洪亮说起白云寺遇险一事。他说：“这绝非巧合，一定是蓄意谋杀本县。”洪亮说：“大人，那木板的确是日久松动，大人您刚好踩上去……”

说罢，洪亮焦虑地望着狄公。

“非也，”狄公说道，“本县只是轻轻踩上去，试试虚实。”

见洪亮不解，他又说道：“我正要踩到木板上去，突然看到王县令的鬼魂。”正说到这里，院子里不知哪里的门被风吹得咣咣作响。

狄公猛地坐了起来，生气地说道：“我早跟唐主簿说过，把门都修好，他完全不听。”说完，他端起茶杯，却没有马上就喝，而是盯着茶水看，原来茶水上面飘着一层灰色的细末。他慢慢放下茶杯，紧张地说道：“看，洪亮，有人在我的茶里下毒。”

二人默默盯着灰色的粉末慢慢在茶水中溶解。突然，狄公轻轻摸了一下桌面，脸上露出淡淡的微笑。

他苦笑着说道：“洪亮，适才本县太紧张了，这粉末是从屋顶天花板落下的灰尘，仅此而已。”

洪亮听罢，这才放下心来。他走过去重新给狄公沏了一杯茶，递给狄公，说道：“大人，或许白云寺松动的木板也是巧合。我实在无法想象，谋害王县令的人敢谋害大人您，我们并不知道他是谁，而且……”

狄公打断他的话：“但凶手并不知情。他不知道我们调查到哪一步。这凶手就在我们周围，时刻注意着我们的动向，或许他以为我已经掌握了他的蛛丝马迹。”狄公摸摸胡子，继续说道：“本县打算再弄出点大的动静，引蛇出洞，或许凶手便能暴露。”

洪亮吓了一跳，着急地喊起来：“大人，切不可以身犯险。此人狡诈凶残，天知道他会耍什么新的花样。我们在明处，他在暗处，防不胜防。”

狄公毫不在意，起身拿上蜡烛，冷静地说道：“洪亮，随我来。”

二人穿过庭院，很快来到县令的私邸，径直进入书房。

狄公站在门口举着蜡烛仔细端详，屋里跟他上次来时并无二致。狄公又走到茶炉边，对洪亮说："把扶手椅拖过来。"

洪亮把椅子拖到茶桌前，狄公站到椅子上，举着蜡烛仔细观察红漆房梁。

突然，他兴奋地说道："快给我一把刀、一张纸，帮我举着蜡烛。"

狄公左手托着纸，右手用刀尖慢慢刮房梁漆面，然后小心翼翼地从椅子上下来，把刀尖上的东西慢慢擦拭到纸上，遂又把刀还给洪亮，把纸叠好放进袖笼，对洪亮说："唐主簿可还在衙里？"

洪亮说："大人，我回来时看到他还在。"

狄公马上快步走出书房，来到唐主簿所待的执事房。唐主簿正蜷缩在椅子上，盯着桌上的蜡烛发呆。见二人进来，他赶紧起身相迎。

狄公见唐主簿面色憔悴，不免有些刻薄地说道："唐主簿，樊忠之死对你打击甚大，你该早些回去歇息才是。不过，本县有话问你，王县令的书房在他被害之前是否刚修缮过？"

唐主簿皱皱眉头，答道："大人，王县令的书房确实修缮过，是在他被害前半月。彼时，王县令告诉下官，他的朋友说书房的天花板有几处已褪色，要派油漆匠重新刷漆。"

狄公警觉地问道："那位友人是谁？"唐主簿摇了摇头。

"大人，下官确实不知。王县令交友甚广，时常有人到书房拜访，一起喝茶聊天。王县令亲自为他们沏茶。白云寺监院慧鹏、船主易鹏、顾孟平，还有县学的曹举人，都是他的座上宾……”

狄公不耐烦地打断他：“那油漆匠应该不难找到吧。本地不产漆树，油漆匠并不多。”

唐主簿说：“大人所言极是，王县令很感谢友人出手相助，只因本地油漆匠实在是极少。”

狄公命令：“速去问衙门的守卫，看看他们可见过这油漆匠。问过之后，来二堂回话。”

回到二堂，狄公兴奋地对洪亮说道：“适才掉进茶杯的灰尘让我恍然大悟。天花板对着茶炉的地方有褪色，是因为王县令长期在下面用茶炉煮水之故，日积月累，水汽将天花板熏得褪了色。凶手注意到了这一点，遂想出谋害王县令的歹毒计划。他和油漆匠密谋，在给天花板刷油漆之时，在房梁正对着茶炉的地方钻一小孔，在孔里放进有毒药粉，用蜡将孔封住，时间一久，水汽将蜡融化，毒药粉就正好落到茶壶里面，迅速融化，神不知鬼不觉。刚才我在房梁上发现了小孔，边上还残留着一点蜡。这就是谋杀案的经过。”

说话间，唐主簿回来了。他禀道：“有两个守卫见过油漆匠。那人在王县令被害前大约十日来过一次，是个高丽人，只会说几句汉语。因为我事先跟守卫交代过，他们就直接带他到王县令的书房做修缮。整个过程他们一直守在书房，以防他顺手牵羊。油漆匠先是给房梁刷了油漆，又给整个天花板也刷了油漆，然后就离开县衙，再也没出现过。”

狄公听罢，长叹一声，郁闷地说道：“线索又断了！”

十三

马乔二人乘船出游　情人相会却生意外

且说马乔二人兴高采烈地回到九华园。进入大厅，乔泰开心地说道："今日差事已毕，你我兄弟二人可以开怀畅饮了！"

然而，当他们走到薄凯和金尚面前的时候，金尚愁容满面地看了他们一眼，又指指薄凯。原来薄凯已经喝得大醉，趴在桌上，面前是一排空酒壶。

金尚沮丧地说道："薄凯喝得太急了，我怎么劝也劝不住。现在他已经烂醉如泥，我实在拿他没办法。既然二位来了，我就把他托付给你们，高丽女子还在等着我呢。"

乔泰问："哪个高丽女子？"

金尚说：“就是第二条花船上的玉秀。今晚她不接客，说是带我们去高丽小城逛逛，有些地方我还从没去过呢。我已经雇了一条小船，我们可以一边泛舟，一边喝酒。时候不早了，薄兄还醉着，我得先走一步告他们一声，今晚我们不去了。”

马荣说：“我们可以叫醒他，让他清醒一点。”

金尚说：“我早试过了。你们尽管试，但小心他那暴脾气。”马荣戳戳薄凯，又拉着他的领子把他从桌上拖起来，对着他的耳朵大喊：“老兄，快醒醒，去喝花酒，泡小妞。”

薄凯醉眼蒙眬地看着他，大着舌头一字一句地说：“再说一遍，我鄙视你们，你们都是下流坯，我不跟你们同流合污。”

说完，他又趴到桌上不动了。马荣和乔泰哈哈大笑。

马荣对金尚说：“既如此，你先走吧，不必理他。”又转身对乔泰说：“我们兄弟二人在此慢慢喝酒，等我们喝完，薄兄的酒也该醒了。”

乔泰说：“既然薄兄醉酒，金兄何不带我兄弟二人去高丽小城游玩一番，我们还一次都未去过呢。”

金尚不情愿地说道：“此事不可。你们大约听说过，高丽小城实行半自治，不受县衙管。衙门里的人不便随意进入。”

乔泰说：“这有何难？我二人可乔装前往，脱掉官服官帽，谁还看得出我们是衙门里的人？”

金尚还是有几分犹豫，马荣在旁大声喊道：“好主意，快走吧！”说话间，薄凯也抬起头来。

金尚拍着他的肩膀说道：“老兄就在此好好歇息，醒醒酒。”

薄凯跳将起来，掀翻了椅子。他指着金尚说道：“好你个背信弃义的小人，说好带我一起去的。我是喝醉了，可你休想要我。”说着，他举起酒壶对着金尚狂挥乱舞。

店里的其他客人都好奇地看着他们。马荣飞快地夺下薄凯手里的酒壶，低声吼道：“顾不得许多了，赶快把他拖走。”说完，和乔泰驾着薄凯出了酒馆。金尚付了账后赶了上来。

走出酒店，薄凯可怜兮兮地说道：“老兄我身体不适，不想走动，我要躺着。”说罢，他不由分说就躺倒在路中间。

马荣哭笑不得，一把拖起他，说道：“老兄不可。今日清晨我们已经把水闸封住了，你还是动动你的腿吧，否则你哪也去不了。”

乔泰不耐烦地对金尚说道：“赶紧给他雇个轿子先走，到东门等我二人。我们会知会守卫让你们通行。”

金尚说：“有二位官爷在太好了。我不知道水闸已修好了。一言为定，东门见。”

马乔二人骑马往东门而去。乔泰一路沉默不语，马荣斜着眼瞪着他，终于忍不住脱口而出：“我的老天爷，老兄，你不会真坠入情网了吧？我跟你说过多少次了，人在江湖混，不要动真情。风月场上，只管逢场作戏就是，如此既可享受人生，又可随时脱身。”

乔泰喃喃说道：“没办法，我就喜欢那女子，情不自已。”

马荣气馁地说道：“悉听尊便。出了岔子，可别说老弟没提醒你。”

说话间，他们已来到东门，金尚正在跟守城门的兵丁大吵大闹。薄凯却自顾自坐在轿子里，扯着嗓子唱淫词小调，惹得轿夫哈哈大笑。

乔泰向卫兵解释，说他们接到命令带薄凯去对岸与人见面。兵丁将信将疑，但看在马乔二人的分上，还是放行了。

他们打发走轿夫，走过绛桥，雇了一艘小船。上船之后，马乔二人脱下官帽，把头发束成寻常百姓的样式。

转眼工夫，他们就到了高丽花船的旁边，只见船上花团锦簇，灯火通明。

金尚跳上船，马荣紧随其后，乔泰拖着薄凯走在最后。

玉秀倚栏杆站着。她今晚未着唐装，而是穿着高丽的服饰，一条长及脚踝的白色丝质长裙，两根长长的结带在胸前打了个蝴蝶结。她的头发绾成一个高高的发髻，耳边插了一朵白色的花，整个人看上去飘逸迷人。乔泰看着她，满眼都是陶醉。

玉秀微笑着和客人们打着招呼。

她说："小女子不知二位官爷今晚也一同前来。你们的打扮为何如此怪异?"

马荣说："别提了，我们须得乔装打扮才能来。"说完，他对老鸨喊道："妈妈，快叫上次陪我的胖姑娘过来。"

金尚不耐烦地说道："船上有的是胖姑娘。"说完，他用高丽语吩咐船工开船。

金尚、薄凯、马荣三人跪坐在甲板的矮桌旁。乔泰也想坐下，玉秀却示意他到船舱里去。"乔大人不想看看高丽船是什么模样吗?”

乔泰飞快看了一下其他人。薄凯正在倒酒，金尚和马荣聊得热火朝天。乔泰走到玉秀身边，粗声粗气地说道：“他们玩得自在，我跟你去。”

玉秀调皮地眨了一下眼。乔泰看着她美丽的面庞，不禁神魂颠倒。玉秀径直走下甲板，下到船舱里。

柔和的灯光下，舱房里摆放着一张乌木制成的卧榻，床头还镶嵌着精美的珍珠，床上铺着厚厚的羊毛垫；墙上挂着精美的刺绣帛画，梳妆台上摆放着一个铜质的香炉，炉内正燃着香，屋里香气氤氲，让人沉醉。

玉秀走到梳妆台前，拢了拢头发和耳边的花，转身对乔泰说道：“乔大哥可喜欢小女子的装束?”

乔泰看着她，心中满是爱意，却不知为何心中隐隐有一种不祥的感觉。他粗声粗气地说道：“在高丽小城，穿你本族服饰亦是理所应当。恕我直言，高丽女子为何爱穿白色衣裙？你可知道，白色在我朝是丧服的颜色。”

玉秀缓步上前，把手指放在他的嘴唇上，娇羞地说道：“小女子今日不想听这些。”

乔泰情不自禁，一把抱住玉秀，深深吻了上去。二人走到床边，依偎着坐在一起。

乔泰在玉秀耳边轻柔地说道：“等我们回到你的花船，我要跟你共度良宵。”

说完，他又想吻玉秀，哪知玉秀扭头站起来，委屈地说道：

“乔大哥并不爱小女子。”

说话间，她解开胸前的蝴蝶结，身体轻轻一动，长裙滑落到地上，她整个人都裸露在乔泰面前。

乔泰血脉偾张，一把搂住玉秀，顺势倒在床上。

二人两情相悦，尽享云雨之乐。乔泰感叹，此生终于遇到一个让他如此倾心的女子。

激情过后，二人静静地躺着。乔泰注意到，船慢了下来，应该是要到高丽小城的码头了。他听到岸上一阵骚动，遂想起身穿衣，但玉秀从身后搂住她，轻声说道：“别把小女子一个人丢下。”

舱房上方传来一声巨响，接着便是愤怒的吼叫声和咒骂声。金尚闯进舱房，手里拿着一把大刀。玉秀伸出胳膊死死勒住乔泰的脖子，对金尚大声喊道：“快结果了他。”

乔泰抓住玉秀的胳膊，想挣脱她的束缚，无奈玉秀整个身子都吊在自己身上，乔泰一时动弹不得。金尚举着刀对着乔泰的胸膛直扑而来，乔泰拼尽全力往旁边翻滚，金尚的刀刃一下子插进了玉秀的胸膛。看着鲜血从玉秀雪白的胸口喷涌而出，金尚赶紧拔出刀，吓得倒退几步。乔泰趁机从玉秀的胳膊下挣脱出来，直扑到金尚身边，一把夺下他手里的刀。金尚回过神来，朝乔泰的脸上猛击了一拳。乔泰双手紧紧钳住金尚的右手，把刀尖对准金尚的胸口。金尚还想反击，乔泰猛一用力，刀直插入金尚的胸膛，金尚软绵绵地倒在了地上。

乔泰回头看看玉秀，见她流血不止，快要不行了。见乔泰回头看着自己，她挣扎着抬起头，盯着乔泰，用微弱的声音说道："小女子是不得已而为之。我的祖国需要武器，我们高丽国要崛起。乔大哥，原谅我。"她嘴角一阵抽搐。"高丽万岁！"说完，她浑身一抖，没了呼吸。

乔泰听到马荣在甲板上大声叫骂，赶紧冲了上去，连衣服也没来得及穿。上去一看，见马荣正跟一个船员殊死搏斗，乔泰赶紧施以援手，将船员结果了。

马荣喘着气说道："我已经干掉一个了，还有一个想必是跳船逃走了。"乔泰这才注意到，马荣的左胳膊受伤了，血流不止。

乔泰说："跟我下来，先包扎伤口。"

金尚还没有断气。他靠墙坐在那里，脸扭曲着，眼睛直勾勾地瞪着玉秀。

乔泰注意到金尚嘴唇在动，就走过去弯下腰恶狠狠地说道："那些武器在哪里？"

金尚嘟囔道："武器？哪来的武器，那都是用来骗玉秀的话罢了，只有她才信。"说到这里，金尚痛苦地挣扎一下，脸上满是泪和汗。他呻吟了一声，低声说道："玉秀，玉秀……我们简直猪狗不如。"说完遂闭紧双唇。

乔泰赶紧追问："如果走私的不是武器，那又是什么？"

金尚张开嘴，一口血喷涌而出。他边咳嗽边说："金子。"

话音刚落，他的身体便瘫倒在地上。

马荣疑惑地看着金尚和玉秀的尸体，问道："玉秀想警示你，所以金尚杀了她，对不？"乔泰点点头。

乔泰飞快地穿上袍子，又小心翼翼地把玉秀的尸体放到床上，盖上她的白色长袍。他心里默默念，这可真是丧服的颜色。看着玉秀平静的面容，乔泰柔声对马荣说道："忠贞，是世界上最美好的事情。"

这时身后传来一个声音："好一个侠骨柔情的男儿。"回头一看，原来是薄凯站在船舱门口。

马荣惊叫道："老天爷，我差点忘了还有你。"

"不够朋友。"薄凯说道："不过我早见机逃跑了，躲在下面的舷梯后面。"

"进来吧，"马荣咕哝道，"帮我包扎伤口。"

乔泰心疼地说道："老弟，你这简直是血流成河了。"说完，他拿起玉秀的腰带给马荣包扎，又问道："说说看，适才甲板上是怎么回事?"

马荣说："我们正喝着酒，突然一个家伙从后面抓住了我，我想把他从后面甩过来，哪知另一个家伙一脚踢到我腰上，拿刀向我直刺过来。我想着这下完蛋了。谁承想，抓我的手松开了。我赶紧拼命躲闪，刀没有刺中我的心脏，却刺中了我的左臂。我一脚踢中那家伙的大腿沟，又一拳击中他下颌，总算把他打趴下了。从后面袭击我的那家伙估计是关键时刻害怕了，跳船逃跑了。这时第三个家伙又朝我扑来，我左臂不能用力，正在危机之时，老兄你便及时出现了。"

说话间，乔泰已经打好绷带，在马荣脖子后面打了个结，把手臂固定好，"如此血可以止住了，手放在绷带上不要动。"

乔泰最后又紧了紧绷带，马荣痛得哆嗦了一下，又问：“薄凯跑哪去了?”

乔泰说：“上甲板去看看，保不齐他又去喝酒了。”

但当两人上甲板一看，上面更无一人。他们大声喊薄凯的名字，周围一片静寂，只远远听到船桨划水的声音。

马荣跑到船尾一看，小船已经走远了。

马荣恶狠狠地咒骂道：“该死的叛徒，把我们丢下自己跑了。”

乔泰咬牙切齿地说道：“等我们追上这混蛋，看我亲手拧断他的脖子。”

马荣见大船四周雾气迷蒙，慢腾腾地说道：“要追上他可太难了，他坐小船跑了，而要把这大船划回码头可得费不少时间。”

十四

谋杀未遂狄公析案
失踪新妇公堂现身

马乔二人颇费了些工夫才将大船划到绛桥下。他们吩咐东门守卫在船上安排几个人看守，然后才回到县衙，此时已近午夜。

狄公还在二堂与洪亮议事，抬头见马乔二人如此狼狈，颇有些惊讶。听了马荣的讲述，狄公由惊转怒，跳将起来，背着双手在屋里踱起步来。

“简直胆大妄为！”他突然说道，“这群人谋害我未遂，竟又去取你们性命！”

马乔二人听罢，一脸惊讶地望向洪亮。洪亮赶忙说起白云寺桥上木板松动一事，却对狄公见到前任县令亡魂一事只字未提。

他深知这兄弟俩虽身强体壮，却唯独害怕鬼怪之事。

“这些个狗贼早就设好了陷阱，”乔泰说道，“还精心筹划要取我二人性命，九华园里的说辞也是事先设计好的！”

狄公并未听他们说话。他突然停下脚步，说道：“那他们走私的是黄金！武器的传言只是个幌子，目的就是要转移本县的注意力。但高丽黄金本就富足，他们为何还要走私？”他气呼呼地捋着胡子，坐回椅子上，继续说道：

“适才本县与洪亮讨论，这些狗贼为何要杀我灭口，想必他们认为我已知其中隐情。但又为何要谋害你们？你二人与薄凯、金尚分手后便在船上遇袭，显然是有人蓄意为之。你们好好想想，饭桌上可是说了什么，令他们起了疑心？”

马荣皱了皱眉，开始认真回想。乔泰拨弄着自己的小胡子，思索片刻后说道：“大人，我们闲聊了几句，开了几句玩笑。但是除那之外……”他百思不得其解地摇了摇头。

“我还提了几句去荒庙的事，”马荣插了一嘴，“抓捕阿康一事，大人已在公堂上公开言明，我便以为即便告诉他们在荒庙抓到阿康一事也没什么。”

“是不是还说了些关于和尚禅杖的事？”洪亮问道。

“正是！”马荣说道，“金尚还拿那禅杖开了个玩笑。”

狄公听罢，一拳捶在桌子上。

“这便是了！”他大声说道，“这些禅杖定然十分重要。”

他从袖中掏出一把扇子，用力地扇了几下，接着对马乔二人说道：“听着，对付那些狗贼你们得多长个心眼，阿康死前已将我们需要的信息悉数相告，那些高丽船夫可能只听金尚的命令，所以这群人无须担心。倘若当时你们能活捉金尚，所有问题可能就迎刃而解了。”

乔泰挠了挠头。

“现在想想，”他沮丧地说道，“当时我要是活捉金尚就好了。但事发突然，来不及细想。”

“罢了，且忘了我适才说的吧，”狄公笑着说道，“本县太操切了。金尚临死之时，薄凯也在场，我们知道多少，他已心知肚明。若他当时不在场，现在定会焦急难耐，担心金尚已将他们的计划全盘托出。他越是焦虑，便越容易做傻事暴露自己。”

“何不将顾孟平和易鹏抓来严刑拷问？”马荣问道，“想要置乔泰和我于死地的正是这两个人。”

“并没有任何证据指向易鹏和顾孟平，”狄公说道，“唯一确定的是高丽人在此案中至关重要，这一点从他们向高丽国走私黄金一事中便可看出。王县令棋错一着，竟将重要文书托付给了那高丽女子。她定已将漆盒交给金尚，而金尚已拿走了盒中的罪状。他们之所以不敢毁了那盒子，实是担心王县令可能已在文书中留下笔记，说他已将盒子给了那高丽女子。一旦官府派人前去讨要，她若交不出来便会被当作疑犯抓入衙门。王县令的私人文书失窃可能也是这个原因。这些人背后肯定隐藏着强大的势力，其幕后主使甚至可能是京城高官！樊忠田庄的那名女子无故失踪，和他们或多或少有些干系，傲慢自大的曹和贤定然也和他们有牵扯。我们目前掌握的很多线索，看似没有关联，而若要解决当前的困惑，还需找到关键线索。”

狄公长叹一声，说道：“现在子时已过，你们三人尽可退下，好生歇息。洪亮，你出去先去叫醒那几名书吏，吩咐他们拟写抓捕薄凯之告示，抓捕缘由为谋杀未遂，务必详细描述此人样貌。另吩咐守卫连夜张贴，县衙大门及城内高宅大院都不能放过。如此，次日清晨百姓便可知晓。若能抓他归案，此案定会有些进展。”

次日早晨，狄公正在二堂用饭，班头跟着洪亮前来禀报，说顾孟平和易鹏急着求见。

“告诉这二人，本县会在公堂上见他们，有什么话尽可当众说。”狄公命道。

接着马乔二人也来了，后面还跟着唐主簿。唐主簿看起来状态更差了，脸色苍白，手止不住地哆嗦。他结结巴巴地说：“这……这着实可怕，在蓬莱这个地方，小官还是第一次听说这种暴行，竟有人试图谋害县衙里的官爷，我……”

“唐主簿大可放心，”狄公打断了他，“我的人自然能够自保。”

马乔二人听得此言，甚是满意。马荣已拆了悬臂的绷带，至于乔泰的眼睛，尽管还有些眼花，看起来也好些了。

升堂的锣声响起，狄公用热毛巾擦了把脸，洪亮赶紧帮他更衣，一同赶往公堂。

尽管还是清晨，堂下已挤满了听审的百姓。高丽船上发生打斗一事已被东门百姓传了个遍。通过告示，百姓们也知道了正在通缉薄凯。

狄公扫视堂下，发现曹和贤、易鹏和顾孟平正站在前排。

狄公刚拍下惊堂木，便见曹和贤走上前来，怒气冲冲地一扬胡须，在堂前跪下，激动地说道：

“大人，昨晚真是太可怕了！我家马厩建在门房旁边，马儿深夜嘶鸣惊醒了小儿曹明。他起身前去查看，发现马匹焦躁不安，于是又叫醒门卫，自己则拿了一把剑，在我家附近的丛林中搜索。谁知突然有一庞然大物从他背后扑上去，用爪子抓住他的肩膀，一下将他甩了出去。可怜我儿头先着地，还撞在了一块尖锐的石头上。那怪物龇着牙凑近他的脖子，他便昏了过去。幸亏门卫拿着火把及时冲了过去，可只看见一个巨大的黑影消失在丛林中。我夫妇二人将小儿送回房内，为他包扎好伤口。他的肩膀倒无大碍，只是额头上豁了一条大口子。今日早晨他清醒了一会儿，接着便又昏了过去，沈大夫来为小儿看诊，说我儿性命堪忧。”

“大人，事已至此，草民恳请官府派人速速抓捕那食人猛虎。”

围观百姓也低声附和。

“今日本县便会派人前去猎捕那畜生。”狄公说道。

听得此言，曹和贤退了回去。易鹏上前跪下，禀明身份姓名后说道：

“草民今早看到告示，说在下的管事薄凯与昨日船上发生的打斗有关。草民禀告大人，薄凯此人行为古怪，在下无法约束他，他的行为与草民无关。”

“你何时雇的此人，当时是怎么回事？”狄公问道。

“回大人，大约十天前，”易鹏答道，“他带京城儒士曹风的信函来找我，说曹风乃在下好友曹和贤之堂侄。据薄凯说，当时他刚刚休妻，而前妻娘家在京城中处处与他为难，于是便想出来躲躲。此人嗜酒如命，放荡不羁，但生意上却才能出众。在下一看到告示，便立刻招来管家，询问他最后一次见到薄凯是在何时。据管家说，昨晚薄凯回来得很晚，回来后径直回了自己的房间。他那房间在我府上的第四进院里。之后，他又很快带着个盒子出去了。此人一向行为古怪，管家已见怪不怪，所以并未特别留意。但当时他急匆匆的，管家印象很深。来县衙前，我搜了他的房间，发现除了一个放文书的皮盒不见了之外，所有衣物和私人物品都未带走。”

他顿了顿，继续说道：

“大人，薄凯所为，有违我朝律法，但均与草民无关，草民所言尽可列为呈堂证供！”

“你方才所言自是要记录在案，”狄公冷冷地说道，“但本县以为，你的说辞并不能令人信服。薄凯既是你的管事，又住在你府，为你做事，其所言所行，你都需负全责！谋害本县手下一事，是有人精心谋划，他也参与其中。你能否自证清白，全取决于你！”

“大人，小的如何能自证清白？”易鹏带着哭腔说道，“小人什么也不知道啊！小人一向安守本分。前几日，小人不是还专程登门拜访，告知您……”

“那不过是故意捏造的谎言！”狄公厉声喝道，“另外，我已接到呈报，说离你宅院不远的桥边发生了怪事。来人，先将他关起来，听候发落！”

易鹏正要辩驳，却被班头呵斥了回去。两名衙役上来将他带往衙役值房，等候狄公发落。

易鹏被带走后，顾孟平上前跪下，说道：

“大人，易鹏虽与草民是同行好友，但草民却与他意见略有不同。船上打斗一事，薄凯与我的高丽管事均牵涉其中。草民认为，不论何时何地，金尚的所作所为，草民皆应负全责。实不相瞒，涉事船只正是草民的船，那三个高丽船夫也是为我做事的。据我船坞上的工头说，昨天晚饭时候，金尚去了码头，命令他们全速起航，却未提及要去哪里。他这举动未曾事先告知于我，也未经过我允许。但草民定会彻查此事，还请大人派几个有经验的官爷把守在码头和顾府，全程监督草民。”

“顾先生如此配合，”狄公说道，“本县甚是欣慰。调查一结束，本县会将金尚尸体交给你，由你转交给其亲属，让他入土为安。”

狄公正要退堂，突然注意到人群中一阵闹嚷。一高个妇人拽着一位戴面纱的女子正从人群中往外挤。妇人一身黑底红花绸衫，面貌甚是粗陋。她在堂前跪下，戴面纱的女子则低头在她旁边站下。

“大人，”那高个子妇人沙哑着声音说道，“小的是东门外第五只花船上的廖妈妈，要状告旁边这名女子。”

狄公倾身向前，打量一下戴面纱的苗条女子，廖妈妈适才所言令狄公十分诧异。按理说，料理那些个不听话的青楼女子，这些个老鸨应该有的是法子。

“所告何人?”狄公问道，“因何事告她?”

“大人，此女顽固，至今都未交代自己的姓名!”那妇人大声嚷道，“而且——”

“妇人，”狄公厉声打断道，“那你可知，未确定身份之前，你不得雇这女子做妓！”

那妇人吓得连忙磕头，带着哭腔说道：“小人不敢，小人不敢！小的糊涂，没将事情说清楚。小人并未存雇她为妓的想法。大人，事情经过是这样的：本月十五那日，天还没亮，薄凯就带这女子到船上来找我，当时她裹着和尚的袈裟。薄凯说这女子是他的新欢，可前日晚将她带回家时，家里的大房不让她入门，还大发脾气撕了她的衣服，更对她言语辱骂。为了这事儿，薄凯跟大房说到深夜，谁知那大房油盐不进，蛮不讲理。他对我说，说服他那大房还需花些时日，故在此之前想先将她安置在我船上。他给了点银两，命我给她找件像样的衣服。大人，他为船主易鹏做事，和其他船夫一样，都是我们的贵客，我一介妇人岂敢得罪他，只好按他说的做！我给了她一身好衣裳，并安排了上好的客舱让她单住。下面的人想让她接客，说不能坏了规矩，谅她也不敢告诉薄凯，但我坚决不同意。大人，小的不敢妄言，我们船上的女子都需接客，这是硬规矩！但小的心知肚明，违法乱纪之事绝不能做。今早有贩蔬菜水果的船只经过，那商贩告知小人，说官府张贴告示正抓捕薄凯。小的招来手下商议，心想就算此女与此案无关，对薄凯的行踪也必定略知一二。身为蓬莱百姓，小的有义务带她来见官。”

狄公直起身子，对那戴面纱的女子说道：“堂下何人，速速摘下面纱，将你和薄凯的关系从实招来！”

十五

奇女子堂上吐真情
唐主簿临终诉隐情

那女子抬起头，颇为无力地撩开面纱。狄公见这女子二十来岁，容貌秀丽，颇为聪慧善良的样子。她轻言细语地说道：

“小女子曹氏，夫家姓顾。”

众人听罢，惊诧不已，顾孟平连忙走上前去，打量一下自己的妻子，遂又回到堂下，脸色惨白。

“顾夫人，此前有人来报，说你失踪了，”狄公严肃地说道，“且将事情经过一一道来，就从本月十四日下午你与令弟分别之后说起吧。”

顾夫人可怜巴巴地看了狄公一眼。

“大人，必须一字不漏吗？”她说道，“我想——”

“必须一字不漏！”狄公打断她道，“你的失踪至少牵涉一起谋杀案，甚至可能与其他几起命案也有关，快快道来！”

她犹豫了片刻，开始说道：

“那日我在路口，左转一踏上官道便遇上我家邻居樊忠主仆。樊忠向我打招呼，我知道他有些见识，遂客气地向他回了个礼。他问我去哪里，我说胞弟正要送我回城，他一会便来。谁知等了半天，也不见弟弟赶上来，我便与樊忠折回路口，顺着来时的路张望，却始终等不来弟弟。我想既已快到路口，想必他以为我已走了，便也顺着田埂回家了。之后，樊忠说他也要回城，并提出要与我结伴而行。他说他打算走那条泥泞小路，并向我保证那是近路，也已修好，可以节省不少时间。我害怕独自一人经过那座荒庙，遂听了他的话，与他同行。

“走到樊忠田庄路口，樊忠借口说要跟佃户交代几句，遂让我先在那路边的小草堂里休息片刻。我从马上下来，在草堂脚凳上坐下。那樊忠在外面与手下说了两句，便进到草堂里。他不怀好意地上下打量我一番，说是已将自己的手下打发去了田庄，为的只是想单独跟我亲热亲热。”

说罢，她的脸气得通红，顿了顿，才又继续低声叙说。

“他想拽我过去，被我一把推开了。我警告他，若他再胡来，我便叫人，谁知他竟大笑着嘲讽我，让我别费劲了，喉咙叫破了也没人能听得见，不如乖乖听他的话，还能少吃点苦头。说罢，他便开始扒我的衣服，我虽奋力反抗，但他太强壮了，我一妇人实在无能为力。他扒光了我的衣服，用腰带将我的双手捆在背后，将我扔在柴堆上轻薄了我。事后，他将我的双手解开，吩咐我穿好衣服，还说他对我有意，胁迫我留在田庄与他共度良宵。若我答应，次日便会带我回城，在我家老爷面前绝口不提此事，保证今日之事不会让第三个人知道。

“事已至此，我明白自己只能任其摆布，便同他去田庄吃了晚饭，上床歇息了。樊忠熟睡后，我想起身逃回娘家，谁知窗户突然被人推开，一个高大的歹人拿着把镰刀翻了进来。我害怕至极，赶紧去摇醒樊忠，但那人径直跳过来一刀割破了他的喉咙。樊忠一半身子倒在我身上，鲜血从脖颈处涌出来，溅到我的脸上和胸前——”顾夫人双手掩面，狄公赶紧示意班头递给她一碗浓茶，她摇头婉拒，接着又说：

“那歹人嘘了一声，说了句：‘贱人，到你了，受死吧！’接着还咒骂了几句。他伸手过来摸到我的头发，将我的头往后一拽，把镰刀架在我脖子上，只听砰的一声，我便失去了知觉。

“醒来时，我发觉自己正躺在一辆马车上，路面不平，甚是颠簸，躺在我旁边的是樊忠赤裸的尸体。此时我才意识到，当时镰刃撞到了床边，刀刃只是擦伤了我的脖子。想那歹人以为我也死了，我便将计就计，继续装死。突然，马车停了下来。那人将马车推翻，我和樊忠便滑到地上。他将一些枯枝堆在我们身上，便驾马车离开了。当时我不敢睁眼，所以未看到那人的模样。但他闯进卧房时，我看到了一张十分瘦削、黝黑的脸，但那也可能是角落里的油灯光线所致。”

“我爬起来看了看四周。借着月光，我知道自己在樊忠田庄附近的桑树林里。就在此时，一个和尚踩着泥路走过来，看方向是从城里来的。此时我只裹了块腰布，衣不蔽体，便想找棵树躲起来。不料他早已发现了我，朝我径直跑了过来。他拄着禅杖，看了看樊忠的尸体，对我说道：‘若我没猜错，定是你杀了自己的相好！你若能乖乖跟我回荒庙，好好伺候我，我保证绝不会告发你！’说着，他便要抓我。当时我甚是恐慌，便大叫了一声。突然，不知从哪里又冒出一个男人，对那和尚吼道：‘大胆秃驴，竟敢私用庙宇糟蹋妇女！简直胆大包天！’说着，他从袖中抽出一把长刀。那和尚骂骂咧咧地正要举起禅杖，不料却大喘不止，捂着胸口倒在了地上。那人赶忙上前，俯身察看，见和尚已死，遂失望地自言自语埋怨了一番。”

“依你看，”狄公打断道，“后来的那人与那和尚是否相识？”

“大人，小女子不敢妄言。”顾夫人答道，“事发突然，那和尚并未叫那人的名字。我也是后来才知道，此人名叫薄凯。他言语得体，像是个读书人。当时我衣不蔽体，他也不曾想要乘人之危，甚至都未多看我几眼，只是问我发生了何事。我见他虽然衣衫褴褛，却颇有几分官威，便觉得此人可信，遂将事情的来龙去脉悉数告知了他。他听罢，说可以送我回夫家或娘家，说我的父亲和夫君知道该如何处置。我跟他说，我已无颜面对家父和夫君，我现在心烦意乱，只想好好静静，不知他可否为我寻个去处，容我暂避一两天。同时，他亦可将樊忠被杀一案上报官府，但请他切莫提我。我确定那凶手定是将我误认成了

曹氏遇难躲桑园（高罗佩　绘）

旁人。他对我说，这起谋杀案，他丝毫不关心，但我若想找个容身之地，他倒可以略尽绵薄之力。他家中并非只有他一人，人多眼杂，不便留我。而当时已是深夜，孤身女子也难以入住客栈。他说，为今之计，只能在花船上租间客舱来住。那些人一般不会多问，就算问起，他也早已想好了说辞。至于尸体，他打算埋在桑树林中，若有人搜查，也要花些时日。在此期间，我也好好想想是否要将此事上报衙门。我解下腰布擦了擦脸上和胸前的血迹。薄凯见状，便脱下那和尚的袈裟叫我先披上。等他处理好尸体回来，我已穿好衣服。于是，他便带我沿着泥路往前走了一段，来到他拴马的那片树林。他叫我上马，我便坐在他身后一起骑马回了城。行至河边，他租下一只船，带我到了东门边的花船。”

“你们如何能通过城门守卫?”狄公问道。“薄凯带我走南城门。”顾夫人回道，“他佯装喝得烂醉，大声嚷嚷着说要带新人进城，守卫都认识他，知道他是何等样人，便命我摘下帽子。他们看我的确是名女子，都大笑起来，说了几句恶俗的玩笑，便准我们进城了。

“他为我租了一间客舱，小声同廖妈妈嘱咐了两句。我虽未听见他说了什么话，但他给了妈妈四锭银子，这我看得一清二楚。说实话，廖妈妈一开始对我很好。我告诉她我暂时不能怀孕，她便送了药给我服下。等我慢慢平静了下来，便打算等薄凯回来让他送我回家父那里。谁知今早廖妈妈带着她的手下闯了进来，说薄凯犯了案，已被官府通缉。之前，薄凯只帮我付了衣服钱和租房的订金，剩下的只能是我留在船上干活抵债。听罢此言，我甚是恼怒，说四锭银子足以支付这些费用，并提出马上离开花船。没承想，那廖妈妈马上吩咐手下拿鞭子来，我想无论如何也不能落入这群人手中，便告她薄凯作案时，我也在场。他犯了什么罪，我更是一清二楚。廖妈妈听了，甚是害怕，便同她的手下商量着把我送官，要不然会惹祸上身。于是廖妈妈便将我带到了县衙。此时，我这才意识到早该听薄凯的，我虽不知他犯了何罪，但他对我一直不错。我本该马上将这一切上报官府，但我当时内心苦闷，只想好好休息后再做决定。以上便是我知道的，绝无半字虚假。”

书吏当众宣读了顾夫人的供词。狄公心中已然有数，顾夫人所言句句是真，与已有线索十分吻合。樊忠田庄卧室床边的深槽，已得到合理解释。阿康没有认出床上女子并非素娘的原因也已揭晓。那阿康挥刀时，是站在樊忠一侧，而顾夫人脸上又溅满了樊忠的鲜血，故而并未被认出。而薄凯之所以愿意帮她，显然证实了狄公对曹和贤的怀疑。曹和贤定是薄凯密谋之事的帮凶，而智海也是众多僧人同伙之一。毫无疑问，薄凯已告诉曹和贤，说他的女儿顾夫人无意中撞见他与智海的碰面，但他已处理好后事，顾夫人暂时不会影响他们的计划。而这也正好解释了为何曹和贤对女儿失踪一事漠不关心，因为他知道女儿一直很安全。

顾夫人在供词上签字画押，狄公说道：

“顾夫人，此事着实让你受惊了。这样的情境之下，没有哪个人能表现得比你更明智。你虽未能及时将凶案上报官府，然案中被杀之人犯有强奸之罪，是死有余辜，故本县无意追究你知情不举之罪。至于此类律法问题将如何界定，那是制定律法者所应考虑之事，本县只须匡扶正义。因此，本县判你无罪，即刻便可与你夫君顾孟平回府。”

顾孟平走上前，顾夫人飞快地瞥了他一眼，但顾孟平却对她视而不见，只紧张地说道：“大人，可有证据证明贱内确为他人强迫，而非自愿？”

顾夫人听罢，气得直喘气。狄公却平静地答道：“确有证据。”说着，他便从袖中掏出一块手帕，说道：“你可还记得这块手帕，你曾确认此帕乃顾夫人之物。此前，本县说是在路边拾到的，实则不然，乃是在樊忠田庄草堂柴堆中发现的。”

顾孟平咬了咬嘴唇，继续说道：“若是如此，草民相信贱内所言非虚。但依顾氏家规，既已被那畜生玷污，她就该立刻自尽。如今她令我顾氏蒙羞，我顾孟平不得不在此宣布休妻。”

“这是你的权利，”狄公说道，“只需按章办事即可。将曹和贤带上来！”

曹和贤跪在堂前，喃喃自语几句。

“曹和贤，”狄公问道，“你女儿已然被休，你可愿意将她带回自家？”

“大人，”曹和贤大声说道，“老夫一贯以天伦为先，定不会为私情所左右。作为举人，老夫更当以身作则。身为父亲，此举虽颇为痛心，但是大人，小女做出如此不贞不洁的事，老夫实在难以带她回家。”

“书吏，将他的原话记下。”狄公冷冷说道，“未及妥善安置之前，曹姑娘便先留在县衙吧。”

狄公示意洪亮先带曹姑娘下去，继而对廖妈妈说道：“你可知逼良为娼已违反我朝律法，但本县念你此前不曾惊扰过她，对你该尽之责亦心中有数，这次便饶了你。但若再有什么风声传到本县耳中，定要让你受鞭笞之刑，并封了你那妓馆。且将本县的话带给你那些同行，他们若犯，本县一样决不轻饶！”廖妈妈听罢，慌忙退下。狄公一拍惊堂木，宣布退堂。

临离开大堂，狄公发现唐主簿不在，大吃一惊，遂问马荣缘由。马荣禀道：“曹和贤跪在堂下时，唐主簿便称自己身体不适，先行离开了。”

“此人实在讨厌！”狄公生气地说道，“他若再如此，我定要他赶紧回家领他的养老金去！”

狄公推开二堂大门，见洪亮与曹姑娘正坐在屋内，遂吩咐马乔二人到屋外廊下等候。

狄公在书桌前坐下，轻声说道：“曹姑娘，你可有什么需要，尽管直说，我们会尽力帮你。”

她嘴唇颤抖，但很快平复了下来，徐徐说道：“小女子知道，身为妇人，本该洁身自好，忠贞不屈。如今我已失了贞洁，的确应该自尽，但我绝非轻生之人，又怎会做那寻死之事。”她惨然一笑，继续说道：“在田庄，我唯一的念头便是如何才能活下去！大人，并非因为我贪生怕死，而是我实在无法做自己憎恶的事。大人，还请您指点迷津。”

“儒家有言，”狄公回道，“女子的确应该自贞自洁，但本县常想，贞洁所指乃是心灵，而非肉体。孔圣人亦云，以‘仁’为本。因此，我一直坚信，所有的儒家学说都应基于这句话来进行解读。”

曹氏听罢，十分感激。她沉思片刻，又说道：“小女子以为，为今之计，削发为尼乃唯一出路。”

“在此之前，你从未想过要皈依佛门，”狄公说道，“如今做此决定不过是逃避现实罢了。况且，像你这样知书达理的女子，做尼姑绝不是上上之选。我在京城有一好友，家中女儿甚多，荐你前去教书，如何？将来，他定会在京城帮你物色一门婚事。”

曹姑娘听罢，害羞地答道：“大人如此为小女子着想，小女子甚是感激。但我嫁到顾家，日子过得甚是憋屈，加上田庄所遇之事、在花船上的所见所闻，我这辈子都不愿提那男女之事。因此，我想尼姑庵才是唯一适合我的地方。”

“曹姑娘，你还年轻，谈‘这辈子’还为时尚早！”狄公严肃地说道，“但你我二人讨论此事确实不合适，不日我的家眷便会来到蓬莱，不妨将你的想法好好同我夫人说说，到时再做决定也不迟。你且暂住到仵作沈先生家吧。听闻他的妻子十分友善且精明强干，其女又正好可以与你做伴。洪亮，带曹姑娘去吧。”

曹姑娘深施一礼。洪亮带她离开后，马乔二人进来，狄公对乔泰说道："曹和贤堂上哭诉曹明的遭遇，想必你也听见了。曹明惨遭不幸，本县也十分痛心，曹明是个很不错的年轻人。明日，你可告假一天，从守卫中选几个猎手一同去捕杀那猛虎。马荣，你且留下，班头一会儿会与城中里正一起商量抓捕薄凯一事，有些重要的事还需你来传达，事后你便可休息养伤了。但今夜你二人还需跟我到白云寺走一趟，一起参加佛像的开光仪式。"

乔泰连连称是，不料马荣竟对他吼道："大哥，你怎可一人独去！打老虎这等事，怎可少了兄弟我，到时我一把抓住它的尾巴，你冲上去一棒搞定！"

说罢，俩兄弟便大笑着离开了。

狄公独自一人坐在桌前，桌上堆满了卷宗案牍。他翻开当地的土地赋税册，想借此分散一下注意力。案子又有了些新线索，他该静下心整理一下自己的思路了。

未看多久，有人敲门。班头进来，神情有些慌张。他激动地禀道："大人，唐主簿服毒了，危在旦夕，他说要见您！"

狄公赶忙随班头匆匆出府，来到县衙对面的客栈。狄公问道："可有解药？"

"唐主簿对他所服何毒闭口不言，"班头气喘吁吁地说道，"直到毒性发作他才通知我等。"

在楼上的走廊里，一名老妇突然跪在狄公面前，求狄公放过她丈夫。狄公赶紧宽慰她两句，老妇这才带狄公来到一间宽敞的卧房。

唐主簿临终忏悔（高罗佩　绘）

唐主簿闭着眼睛躺在床上，老妇在床边坐下，轻声对他说了两句。唐主簿睁开眼，看到狄公，长出一口气。

“你且出去吧，”他小声对自己夫人道。老妇起身，狄公在床边坐下。唐主簿仔细打量他许久，这才虚弱地说道：

“服毒之后，我会慢慢失去知觉，双腿现已麻木，但大脑很清醒。我想坦白自己的一桩罪行，另外还有个问题想问大人。”

“前任县令被杀一案你可对我有所隐瞒？”狄公连忙问道。

唐主簿缓缓摇了摇头。

“全无隐瞒。”他说道，“我一直很担心自己的罪行暴露，无暇顾及其他。但王县令之死和鬼魂之事却深深困扰着我，挥之不去。情绪低落时，我便控制不住……病魔，后来樊忠被杀，此人乃我唯一挂念之人，我——”

“我知你与樊忠交情非同一般，”狄公打断他道，“世间之事皆随缘分，若是缘分使然，自有其命数，旁人无须挂怀。”

“我并非此意，”唐主簿摇摇头说道，“只是想借此表达我的担心与焦虑。每当我虚弱乏力之时，病魔便愈发强大，皓月当空之时更甚。”他有些喘不上气来，只听他长叹了一声，继续说道，“经过这么多年，我已看穿这病魔，也了解它的鬼把戏！另外，我也在祖父所写日记中发现，祖父与我一样也受此病魔困扰。家父并无此病，但祖父却因走投无路最终悬梁自尽，正如我选择服毒自尽一样。现在病魔已无路可逃，因为我膝下无子，他会随我一起灰飞烟灭！”

唐主簿面容塌陷，扭曲着露出一丝苦笑。狄公怜悯地看了他一眼，知道他已神志不清。垂死的唐主簿凝视前方，目光呆滞。突然，他害怕地望向狄公，紧张地说道："药性更猛了！须赶紧告诉大人！我总会在夜里被胸闷憋醒，然后起身在房间里来回走动，但依然觉得屋内气闷，遂不得不到街上透透气。但走到街上，却感觉街道越来越窄，两边的高墙不断压过来，要压扁我……我害怕，恐慌，喘不上气来。就在我快要窒息之时，它便出来控制了我。"

唐主簿长出了一口气，放松下来。

"我会不由自主攀上城墙，越墙而出，昨晚便是如此。出了城，呼吸着城外的新鲜空气，我便热血沸腾，浑身充满了力量，感觉无人可挡，仿佛到了一个新的世界。我闻着青草的芳香、潮湿的泥土味，甚至能觉察到一只野兔从我身边经过。我睁大眼睛，便能在黑夜中视物，嗅一嗅空气便能知道前方树丛中有一池清水。紧接着，我又闻到另一种气味。那气味令我精神振奋，没错，是热血的味道，我匍匐在地上——"

突然，狄公惊恐地发现，唐主簿脸上发生了变化：瞳孔越来越小，眼睛直直地盯着狄公，颧骨猛地变宽，嘴里发出一声咆哮，露出黄色的尖牙，灰白的胡子像鬃毛一样竖起来，耳朵也开始转动，两只利爪一般的手从被子里伸了出来。

突然，手瘫软下来，唐主簿变得面无血色。他虚弱地说道："然后我又会在卧榻上醒来，全身被汗水湿透。我起身点上蜡烛，匆匆走到镜子前，直到确定脸上没有血迹才敢长出一口气，那是一种说不出的解脱！"他顿了顿，尖声说道："但现在我想告诉你，病魔乘虚而入，迫使我跟它一起作恶。得知昨晚自己袭击了曹明，可那并非我本意，我绝不想伤他……但我控制不住自己，我真的无法控制——”情绪激动的他竟尖叫了起来。

狄公赶紧将手放在他额头上抚慰，发现他额上尽是冷汗。

至此，唐主簿已无力喊叫。他一脸恐慌地盯着狄公，极力想再说些什么，无奈已口齿不清。狄公俯身靠近，只听他最后说了句：“我有罪吗？”

突然，他双眼一闭，脸上平静了下来，张着嘴离开了。

狄公起身，扯起被子盖上唐主簿的脸。至于他是否有罪，只有老天爷知道。

十六

访簿飢酒保道详情 听戏文狄公受启发

狄公行至县衙门口，恰巧碰到洪亮出来。原来得知唐主簿服毒的消息，他也正要赶往客栈。狄公告诉洪亮，唐主簿得知樊忠的死讯后，悲伤不已，已经服毒自尽了。“他命该如此。”狄公如是说。

回到二堂，狄公对洪亮道：“唐樊二人一死，衙门文职里就少了两名管事的，你让唐主簿的书吏带上唐主簿生前所管卷宗案牍过来。”

唐主簿主管婚姻、生死登记及衙门账目事宜，只两日未打理，便有不少的事需要处置。狄公与洪亮、书吏三人忙活了一上午方才处置完毕。狄公见这名书吏行事利落，甚是欣赏，遂命他暂时代理主簿一职。若办事得力，狄公便想拔擢他为主簿，其他人事顺位晋升。

处理完衙内事务，狄公在中庭一角的大橡树下进午饭。正要喝茶时，班头突然来报，说薄凯似是凭空消失了一般，全无踪迹可寻。

送走班头，洪亮去文案室督办衙内庶务及接待访客，狄公则回到二堂，放下竹帘，解开腰带，在卧榻上躺下。

两天的奔波劳碌，狄公已有些心力交瘁。他闭上双眼，试着放松下来，以整理自己的思绪。顾夫人及樊忠失踪一案，已然真相大白，但前任县令之死至今毫无进展。

他心中不乏怀疑之人——薄凯、易鹏、曹和贤以及包括慧鹏在内的几位白云寺僧人。当日桥板一塌落，慧鹏便突然出现，行迹委实可疑。其次，易鹏与此案之关联也显而易见，但易鹏、慧鹏及曹和贤都不像是本案主使，幕后黑手定是薄凯。此人诡计多端，心思深沉，还善于伪装。前任县令刚被杀害，他便来到蓬莱。像是此前易鹏、金尚做好前期准备，他再从京城过来接手此事一般。但他们精心筹划之事究竟是什么事，狄公不得不重新思量，自己之前与洪亮认为，他与马乔二人之所以遇刺，是因为那些人以为他知道了些不该知道的事情。大理寺官员带密探前来查案，都未能查出真相。而据自己的调查，也只能推断出贼人是利用空心禅杖夹带金条走私到高丽。但是，那些僧人若要夹带金条，定会冒极大的风险。要知道，蓬莱县大路小路都设有哨卡。

按照律法，若非公务需要，携带黄金过关必须申报，并缴纳过路税。而以禅杖偷运黄金，过路税、关税加起来也无多大利润。狄公有种不祥的预感，走私黄金不过是个幌子罢了，对手精心设局，目的在于转移他的注意力，以此掩盖一些更重要的事。为了掩盖此事，他们不惜冒险杀害两任县令。眼看对手的阴谋即将得逞，所以要尽快清除一切障碍——他们的时间已所剩无多！但对手究竟在筹谋何事，狄公依旧毫无头绪。此前，薄凯趁机接近马乔二人，探得不少消息。而此时，这个无耻之徒仍在暗处操纵整个事情！

狄公叹了一口气。遇到如此局面，他不知道，那些个比他经验更为丰富的县令可会冒险抓捕曹和贤和易鹏并严加审问。目前证据不足，他不敢贸然行动。他不能因为曹和贤在桑树林拾了禅杖就断他有罪，也不能因为他对女儿的生死不闻不问就下令逮捕。至于易鹏，他认为暂时软禁即可。他以武器走私一事蒙骗狄公，软禁并不过分，如此一来，又正好切断了薄凯与他之间的联系。金尚已死，易鹏被囚，狄公希望可以阻碍薄凯继续实施阴谋，或迫使其推迟实施诡计，为查案赢得更多时间。

事态发展太快，狄公这才想起，至今未去拜访军寨的守捉使，又或者说那守捉使应该先来拜访他。文武官员间的关系向来微妙。一般来说，两者官阶相同时，文官要高于武官。但军寨守捉使手下兵士数千，向来高傲，想来不会主动到访。再者，当务之急，便是要从他那里探听到关于黄金走私的信息。此人通晓高丽事务，或许他知道为何要将未征税的黄金卖至金价与我国一样的高丽。可惜唐主簿已死，无法从他口中讨教当地风俗礼仪。此人向来重礼，定然通晓不少。狄公思来想去，一时困顿，便睡着了。

直到庭院传来吵吵嚷嚷的声音，狄公这才醒来。他迅速起身，整理好衣袍，不想此时已是黄昏，便有些懊恼自己睡过了头。

狄公来到庭院，看见仆役、衙役及守卫等一大群人站在中庭，高大的马乔二人也在其中。

众人恭敬地闪出一条路。狄公见眼前四名农户正要卸下肩上所抬之物。狄公定睛一看，竟是只庞然大虎，约莫九尺长。

“乔兄杀了这畜生!”马荣朝狄公大声喊道，“农户说这畜生曾在山脚下的丛林里出没，还把我二人带了过去。我们以小羊作饵，藏在灌木丛中的上风口，等待猛虎出现。到了下午，我们发现这畜生的踪迹。它先是慢慢靠近小羊，但却未发起攻击。此虎机警，想必已察觉到危险。它在草中趴了半个多时辰，可等死我们了！小羊一直在流血，乔兄只好匍匐着慢慢靠过去，准备射击。若那恶虎那时跳起，定会落在我乔兄的头上！我和另外两个守卫备好钢叉匍匐在它身后。不料那畜生猛地跳起，此时只见空中一道箭光闪过，乔兄那箭正中老虎右胸，箭杆射进去大半，外面只留了一点!”

乔泰笑了笑，指着老虎右爪上的白斑说道：“这老虎定是前几天夜间我们在河对岸碰到的那只。但实在想不明白它如何能过河，或许当日所见并非此物!”

“无须再去深究，想来它自有法子。”狄公说道，“捉到此虎，实在可喜可贺!”

“如今便扒了它的皮，”马荣说道，“将虎肉分与农户，给家中孩童强身健体。大人，待我们处理好虎皮便献给您，放在书房的扶手椅上当坐垫，算是我们对您的一点心意。”

狄公谢过马乔二人，遂又带着洪亮来到县衙大门，就见成群的百姓兴奋地涌进县衙。他们都迫不及待地要看看死去的猛虎和杀虎的英雄。

“方才我睡过头了。”狄公对洪亮道，“此时天色已晚，不妨一起去马乔二人与薄凯第一次相遇的酒楼用饭，一来可以换换口味，二来可以打听一下薄凯的消息。此去无须坐轿，走着过去即可，夜间空气清新，或许能令人头脑清醒!”他们悠闲地一路向南，穿过繁忙的街市，很快便找到了那家酒楼。圆脸店家见他二人上楼，赶紧笑嘻嘻地迎了上来。为了向店中客人显摆酒楼来了两位贵客，他故意与他二人多说了两句，然后才毕恭毕敬地将他们带到一豪华包间。他十分殷勤地说道：“本店有鹌鹑蛋、虾仁、烤猪肉片、腌鱼、腊肠、凉拌鸡丝，还有——”

“来两碗面、一盘咸菜、一大壶茶即可。”狄公打断他道。

店家听罢，又巴结道：“大人，可否尝尝本店的玫瑰甘露，有醒脾开胃之效!”

“不必，我胃口甚好!”狄公说道。店家按狄公吩咐让小二上菜，只听狄公又问：“薄凯可是贵店的常客?”

“啊!”店家惊呼，“此人犯了事，小人也是刚刚听说！他每次来都鬼鬼祟祟的，时常将手拢在袖中，似藏着匕首一般。今早听闻官府要逮捕此人，未能早点向您禀告，小人十分懊悔。”

“你的确应该早些禀报!”狄公冷冷地说道。他早已看出店家并不知情，一番说辞不过是信口雌黄罢了，不足为信。他吩咐店家：“将你家酒保叫来。”

酒保看起来甚是精明。

“大人,”他说道，“做小的这行的，察言观色最是在行。依小的看，薄凯先生看起来完全不像坏人，倒像是个有学识的读书人，就算喝得烂醉如泥也依然如此。他对小的们都很和善，但不会跟我们太亲近。我曾听人说，孔庙旁边私塾里的夫子对他的诗大为赞赏。”

“他可曾与什么人一起来此吃饭喝酒?”狄公问道。

“这倒没有，过去十来天，他经常来，有时一个人，有时和金尚一起。他们喜欢玩笑，薄凯拱眉的样子着实有些滑稽！但我觉得，他有时一点也不滑稽，眼神跟眉毛一点也不搭。因此，小的揣测，他是不是乔装打扮过的。但他一笑，又打消了我此前的疑虑。”

狄公谢过酒保，匆匆吃罢面条。待要结账，店家再三推拒，狄公留下饭钱，并给了酒保赏钱方才离开。

走在街上，狄公对洪亮道：“适才那酒保目光敏锐。如他所说，我倒十分担心薄凯不过是个伪装。你可还记得，顾夫人曾说薄凯看起来有些官威。想必是在她面前他不用刻意伪装吧！此人定是我们最大的对手，他才是所有事情的幕后主使！别指望能再找到他了。因为他根本无须躲藏，只要卸下伪装便没人能认出他，可惜我从未见过此人!”

此时城隍庙方向传来阵阵铜钹和长笛声，洪亮听得出神，所以并未听见狄公说些什么。

“大人，城里来了个戏班子!”他激动地说道，“想必他们听说白云寺的佛像要举行开光仪式，是特意来赚些银两的。大人，不妨去看看?”

狄公知道洪亮打小就是个戏迷，看戏是他唯一的乐趣，便笑着点了点头。

白云寺前挤满了人，狄公抬眼望去，前面是以竹竿搭建的高台，五颜六色的彩带随风飘扬。台上灯光耀眼，身着华丽戏服的戏子们正在台上扮戏。二人挤过人群，来到可付费入座的木凳前。一位化着浓妆、着装艳丽的姑娘走过来收费，并给他们在后排找了两个空座。众人的目光都在舞台上，并未注意到他们二人。

狄公漫不经心地朝台上的四个戏子扫了一眼。尽管对戏曲知之甚少，但他猜测那位身着绿色锦袍、白胡飘飘、站在舞台中央的老者是位老生，但站在老生前面的两名男子及跪在他二人中间的女子到底为谁，他并不清楚。

“这演的是哪出?”狄公问洪亮。

洪亮答道：“大人，戏已近尾声。那名老者是老生，像是在扮演官员。左边的男子要状告他的妻子，便是跪着的那位，另外那名申辩的男子是原告的兄弟。”洪亮听了一会儿，又激动地说道："丈夫在外两年，归来时发现妻子已有身孕，于是以通奸罪上告官府，希望官府准他休妻。"

洪亮正讲得起劲，不想前面一个身材肥胖的男子回过头来，对他们吼道："住口！别吵"。

此时乐声骤然响起，那女子款款起身，情绪激动地唱了起来，但所歌何物，狄公全未听懂。

"她说，"洪亮小声说道，"八个月前的一个晚上，她相公回来同她睡了一宿，又在黎明前离开了。"

四个人同时又说又唱，台上一片混乱。官老爷绕着圈子来回踱步，边踱边摇头，胡子也跟着甩了起来。那丈夫转身面向观众，挥舞着胳膊，尖声指责他妻子是在说谎。他右手食指涂成黑色，看起来跟缺了根手指一般。他的兄弟则抱臂站在一边，频频点头，相貌与那原告丈夫一般无二。

突然，乐声止，官老爷朝着原告的兄弟大吼几句，吓得那人惊骇不已，眼珠滴溜乱转，跺着脚来回踱步。官老爷又吼了他一句，吓得他伸出右手，竟也缺了食指。

铙钹琴笛一时齐奏，台下掌声雷鸣，洪亮也扯着嗓子拍手叫好。

"这是何意？"待周围慢慢安静下来，狄公向洪亮问道。

"那日晚上回去的是原告的双胞胎兄弟！"洪亮匆匆解释道，"他砍断了食指，所以那女子才将他误认为是自己的相公！这也正呼应了戏名'一指一春宵'"

"妙哉！"狄公起身说道，"时辰不早了，我们也该回府了。"

此时前面那胖汉正在剥橘子，随意一抛，正落在狄公的大腿上。

舞台上展开一面红色大旗，上面写着五个大字。

“大人，快看！”洪亮有些激动，“下一场是《余公案》。”“也罢，”狄公继续说道，“汉朝余县令乃七百年前最伟大的神探，不妨看看他们如何演。”

洪亮听罢，高兴地又坐了下来。

伴随着响板的噼啪声，台上响起欢快的旋律，几个人将一张大红桌子搬上舞台。一名黑脸长髯公阔步走上台，身着满绣红龙的黑色长袍，头戴宝石镶嵌的闪亮乌纱，在案桌后稳稳一坐，台下响起热烈的欢呼声。

两名男子上前跪在案桌前，用假声高声演唱。余县令手抚长髯，认真听着。就在余公举起惊堂木时，一个卖油饼的小厮闯到狄公前面，与那身材肥胖的男子争执起来，挡住了他的视线。但狄公已习惯了戏腔，尽管前面争吵不断，他还是听懂了戏曲中的一小部分内容。

油饼小贩走后，狄公问洪亮道：“台上跪着的两位可又是双胞胎？我听着像是一人控诉另一人谋害了自己的父亲。”

洪亮点了点头，见年长一些的那位起身呈上一枚小物件。余县令拿起来，皱着眉头仔细端详。

“那是何物？”狄公问道。

“没长耳朵哪？”前面的胖汉转过来大声吼道，“是枚杏核！”

“原来如此。”狄公生硬地说道。

洪亮见状，赶紧解释道：“那枚杏核乃是他们父亲临终所留，其中藏着被杀的线索！那长兄禀告余县令，说自己的父亲将凶手的名字写在了一张纸上，并藏于杏核内。”

余县令小心翼翼地打开纸条，突然不知从何处拿出一张五尺多长的条幅，上写两个大字，观众一瞧，怒不可遏，骂声四起。

“是弟弟的名字！”洪亮大声说道。

胖汉听得此言，不耐烦地吼道：“闭嘴！”。

此时铜钹锣鼓齐鸣，随着高亢的笛声，弟弟起身高歌，辩称自己无罪。余县令怒目圆睁，仔细打量这兄弟二人。突然乐声止，台上台下寂静无声。余县令身子向前一倾，薅住他兄弟二人的衣领拽到自己跟前。他先后闻了闻兄弟二人口中的气味，随即重重地将那兄长一把推开，一拳砸在桌案上，厉声呵斥几句。此时，乐声骤然响起，台下观众纷纷鼓掌喝彩，那胖汉更是起身大声叫道：“好！好！”

“这又是为何？”狄公有些好奇。“余县令说，”洪亮十分兴奋地答道，“那兄长口中留有杏仁的味道！老父早已察觉长子有意害他，且知道自己无论留下什么线索，长子定会动手脚，所以才将线索留在杏核中。其实线索就是杏核本身，因为长子十分爱喝杏仁汁！”

“不错！”狄公说道，“我本以为……”

此时乐声再度响起，两名身着金丝长袍的男子上前跪下，两人各执一纸文书，封面上写有小字，盖有印章。听这二人的唱词，狄公得知二人是富家公子，其父将宅院、土地、房产、家仆及珠宝分作两半，一人一半。文书上所列的清单即二人所分家产之清单。这二人对自己所得均不满意，道是自己父亲偏心，少分了财产给自己。

余县令看了看这二人，愤怒地摇了摇头，乌纱帽翅颤动不止，其上宝石在彩灯的照耀下闪闪发光。此时音乐变得舒缓，狄公的心也被吊了起来。

“快说!”胖汉不耐烦地大叫道。

“闭嘴!”狄公不自觉地吼了他一句。

此时锣声大起，余县令起身接过文书，交换后又还给他二人。余公举起惊堂木，宣布此案已了。堂下两人看着手中的文书，悻悻不已。

台下响起震耳欲聋的掌声，胖汉转过身来，趾高气扬地说道:“这回你听懂了吧?这兄弟二人——”

话说到一半，他突然打住，张大嘴巴望着狄公。他这才发觉，眼前这位竟是县令大人，顿时惊得说不出话。

“完全懂了，多谢指教!”狄公说罢，抖掉身上的橘子皮，起身穿过人群就要回府。洪亮紧随其后，恋恋不舍地望了一眼舞台，只见堂案前站着的正是带他们入座的那名女子。

“大人，现在演的是旦角，”洪亮说道，“十分精彩!”

“洪亮，时间紧迫，此刻必须回县衙。”狄公坚决地说道。

街上人头攒动，狄公突然说道:“洪亮，有些事总是让人出乎意料!当我还是学童时，就憧憬着像这余县令一样升堂断案。待我坐在公堂之上，听堂下之人申诉，不论是离奇的故事、复杂的谎言又或是矛盾的言论，我总能找到突破点，侦破案件，惩治嫌犯。洪亮，此行我获益匪浅！”

两人相视而笑，慢慢往回走着。回到县衙，狄公、洪亮二人径直回到二堂。狄公说道：“洪亮，给我来一杯上好的浓茶，你也来一杯。顺便帮我备好去白云寺的官服，此事实在麻烦，我委实不愿前去。有那工夫，不如与在此你好好理一理案件的头绪。但对方盛情，实在不便推脱！”

洪亮倒上茶，狄公慢慢呷了几口，说道：

“洪亮，我现在明白你为何如此痴迷戏曲了，我们应该常去看看。一开始，所有的事情看似扑朔迷离，但只要找到突破口，一切便豁然开朗，希望我们的案子也能如此！”狄公摸着胡子说道。

洪亮从皮箱中小心翼翼地拿出狄公的官帽，说道：“今晚最后一个片段，我之前也看过，乃……”

狄公似乎并未在听。突然，他一拳捶在桌子上。

“洪亮，我明白了！天哪，若真如此，我早该去看这场戏！”

他思索片刻，说道：“快将地图拿来！”

洪亮赶紧将地图铺在桌上，狄公急切地看了看，点了点头。

狄公激动地跳了起来，双手背在身后走来走去，眉头紧蹙。

洪亮焦急地看着狄公在书房来来回回走了十几趟才停下来说道：“我明白了！所有线索都对上了。洪亮，时间紧迫，须得马上行动！”

十七

白云寺佛像开光礼 露金身狄公识真凶

东门外，绛桥上挂满灯笼，灯光璀璨，照在河面上，熠熠生辉。通往白云寺的路上张灯结彩，白云寺更是灯火通明，一派喜气。

轿子经过绛桥时，狄公发现路上已无多少行人。开光仪式的时辰已到，蓬莱的百姓都聚集到白云寺大殿前的场院上去了。随同狄公来白云寺的是他的三个随从和两个衙役。两个衙役举着“蓬莱县衙”的牌子在前面开路，洪亮随侍在轿子旁，马荣和乔泰则骑马紧随其后。

轿子行至白云寺大门时，狄公已经听到里面传来低沉而悠远的钟鼓之声，还有和尚们整齐深沉的诵经声。一进庙门，扑鼻便是浓郁的燃香味。

大殿前的场院里人山人海。大殿前的平台之上摆着一张红漆坐榻，住持趺坐其上。只见他穿着紫色僧袍，斜披金色袈裟，左边坐着船主顾孟平、高丽小城的里正以及两个行会会首，不过位置都比住持略低一些。紧靠住持右边的座位虚位以待，再旁边是军寨守捉使派来的将领，穿着铠甲，手握长剑，接下来就是曹举人和另两个行会的会首。

观礼台前另设一高台，高台之上安置一圆形的佛坛，正中四根镏金柱搭起的紫绸华盖下，供奉着一尊坐佛，四周饰以鲜花和绸带。

佛坛四周围坐着五十余名僧人，左边的击打法器，右边的诵经。高台四周皆是全副武装的兵士，以防观礼的百姓涌上礼佛之高台。一些找不到位置的观礼百姓干脆爬到大殿周围的柱子上去了。

狄公的轿子一到，四个穿黄色袈裟的老僧赶忙迎上前来，引狄公穿过人群来到观礼台下。狄公注意到，观礼的百姓中既有人数众多的大唐百姓，也有高丽国的水手。

狄公登上观礼台，对住持略施一礼。他告诉住持，因公务耽误了时辰，还望海涵。住持颔首微笑，随即取来圣水为狄公洗尘祝福。狄公落座，三个随从侍立其后，在座众人皆起身向狄公施礼致意。待众人重新落座，住持示意众僧继续唱经诵佛。

诵经接近尾声，大殿中传来一声磬响。慧鹏带着十个和尚手持香炉慢慢绕佛坛一周。一时间，香烟缭绕，佛像更显肃穆和庄严。

慧鹏走下高台，来到观礼台，跪倒在住持面前，双手奉上一卷黄色的卷轴。住持俯身接过卷轴，慧鹏回到礼佛的高台上坐定。

这时大殿三声磬响，大殿内外鸦雀无声。众人知道，佛像开光仪式马上就要开始了。住持将大声诵读祈福经文，并在黄色卷轴上洒上圣水，然后将其与其他象征法力的圣物放于佛像背后的空穴中。如此，圣像才算真正具有与白云寺后岩洞内那尊松木弥勒圣像相同的法力。

就在住持打开卷轴诵读之时，狄公突然起身站在观礼台边，俯视台下百姓。台下一阵骚动，所有的目光都集中到狄公身上。狄公不慌不忙地理了理胡须，开始大声说话，他的声音坚定有力，全场顿时安静了下来。

“我朝向来尊崇佛教，佛教教义亦教化我朝子民。白云寺乃本县香火最旺之寺庙，如今又花费重金重塑佛像，为百姓祈福，因此保护白云寺乃本县之职责所在。”

听罢狄公此言，住持不禁唱诵“阿弥陀佛”。狄公突然打断仪式，他本来颇为不悦，但狄公所言甚和己意，他也就释然了。

狄公继续说道：“船主顾孟平慷慨捐资为弥勒佛造像，开光仪式后，佛像将由专人护卫，移座京城。朝廷对此事万分重视，特命本县确保佛像安全送往京城，不得有失。本县在宣布仪式开始之前，须得确认佛像乃弥勒佛像，因为弥勒佛护佑着海上船员的身家性命。”

听罢此言，众人一片哗然，震惊不已。住持更是目瞪口呆，他原以为狄公会说些祝福庆贺之词，谁承想竟是质疑之词，委实不知狄公意欲何为。高台上的僧人也是一阵骚动，慧鹏想下来问个究竟，却被守卫的士兵拦住。

狄公举起双手，示意众人肃静。

狄公大声宣告：“本县即刻令手下查验弥勒佛像之真伪。”

说完，他朝乔泰做了个手势。乔泰立刻跳上高台，推开两旁的僧人，拿着长剑径直走向佛像。

慧鹏冲上前去，声嘶力竭地喊道：“断不可玷污了佛像，触怒弥勒佛祖，置我蓬莱百姓福祉于不顾。”

围观的百姓听闻此言，皆愤怒地要冲上来围住高台，不许乔泰靠近佛像。住持张大嘴紧张地盯着乔泰。顾孟平、曹举人等人亦交头接耳，甚是焦急。军寨的那位将军看着骚动的人群，禁不住握紧手里的剑。

狄公又高举双手，大声喝道：“退回去！此佛像尚未开光，不必担心触怒佛祖。”

此时外面传来一阵高呼：“众人听命，不得违抗！”原来是县衙的官兵全副武装冲了进来。

乔泰走近佛像，举起剑用力砍向佛像左肩，只听咣当一声，剑从他手中飞了出去，落到地上。佛像却完好无损。

住持欣喜若狂地高喊：“我佛显灵。”

人群又骚动起来了，争着往高台跟前涌，想一看究竟。守卫高台的护卫只好用长矛将众人挡了回去。

乔泰跳下高台，跑到狄公面前，将他从佛像身上砍下来的几丝屑末呈给狄公。

狄公举着屑末高声说道："蓬莱百姓们，看看这是何物？这是金子！这尊弥勒佛像不是松木所雕，乃是纯金铸造。这帮贪婪的罪犯妄图利用佛像移座京城之机，将他们走私的黄金运往京城。这等瞒天过海之事，是对佛祖最大的亵渎。本县传令，将主谋顾孟平、同谋曹和贤、慧鹏等一干人等即刻拘押，听候审理！"

人群中鸦雀无声。在最初的困惑过后，他们听出狄公的言下之意，既震惊，又佩服狄公的神机妙算。军寨的将军也松了一口气，遂放下了手中的剑。

狄公继续宣布："本县先审顾孟平。他乃此案主谋，罪大恶极：走私黄金、亵渎佛家圣物、谋害朝廷命官。"

两名衙役拖过顾孟平，将他按倒在狄公面前。顾孟平被这突如其来的变故吓得脸色灰白，浑身颤抖。

狄公厉声喝问道："顾孟平，你所犯之桩桩罪行，本县已查得水落石出。你从高丽、倭国走私大量黄金，存于城内的高丽小城，又借游僧之手将黄金藏匿于西郊的破庙之中，然后再由案犯曹和贤藏在书中运往京城。前任蓬莱县令王德华对走私案有所察觉，你等便残忍下毒，将他杀死。及至今日，你瞒天过海，用真金铸造佛像，借机将黄金运往京城。顾孟平，你罪恶滔天，还不从实招来！"

顾孟平大喊："大人，小人冤枉啊，小人不知佛像乃真金铸造。"

狄公大喝一声："休要巧言令色。王县令已传消息给本县，说你便是谋害他的主使。"

说完，他从袖笼里拿出玉秀交给乔泰的漆盒，打开盒盖。众人见漆盒之上装饰着金子雕刻的细竹。狄公接着说："你派人将漆盒里的文件偷走，以为便销毁了你们犯罪的证据。殊不知王县令智慧过人，这盒子本身就是尔等犯罪的证据。盒子上的细竹和你随身不离的拐杖上的细竹一模一样，你还有何话可说？"

顾孟平飞快地扫了一眼漆盒，又看了一眼自己的拐杖，遂默默低下头来。

狄公继续斩钉截铁地说道："不仅如此，王县令还留下其他线索证明你就是案件的主谋，你就是谋害他的主使。本县再说一遍，顾孟平，你从实招来，交代你的同伙！"

顾孟平抬起头，绝望地看着狄公，嗫嚅着说："我招，我招。"

他伸手擦掉满头的汗水，然后开始招供。

"高丽僧人乘坐我的船往返于高丽码头和蓬莱，把金条藏在随身携带的法器里带进关。慧鹏和曹和贤助我把金条藏匿于破庙中，然后运往京城。金尚是我的助手，另有智海等十名僧人也参与其中。住持和其余僧人对此并不知情。这尊金佛乃由慧鹏督造，真正的佛像则藏在我的住处。金尚雇了一个高丽工匠，借为王县令油漆书房屋顶之机在房梁上放置毒药。事成之后，他便离

马荣一把揪下曹举人的美髯（高罗佩　绘）

开蓬莱回到了高丽。”

说罢，顾孟平可怜巴巴地说道：“大人，小人发誓，这些罪行虽由我安排，但我都是受命于人，大人，真正的主使是……”

狄公大喝一声：“住口！休要再胡言乱语。明日公堂之上再审！”他转而对乔泰说道：“带下去好生看管。”

乔泰听命，将顾孟平押了下去。

曹和贤此时坐在座上，眼前的变故早已把他吓得目瞪口呆。狄公示意马荣上前押他，他突然反应过来，朝外就跑。马荣跳将过去，一把抓住他的胡须，谁承想胡须一下脱落下来，露出光秃秃的下巴。曹和贤绝望地用手遮住脸，马荣趁势将他擒获。

狄公冷峻的脸上此时浮出一丝笑容，他自言自语道：“原来胡子是假的！”

十八

谈笑间狄公揭谜案 王元德从容现真身

狄公与众随从回到县衙，时间已近午夜。他们顾不上歇息，径直回到二堂。

狄公落座，洪亮赶紧去沏了一壶浓茶。狄公匆忙喝了几口茶，然后开始复盘案情。

“当日，本县阅读黜陟使倪寿乾的《政务举要》，其中提到，断案时不能固执己见，切忌先入为主，而要根据查案实际反复验证，纠偏校枉，方可揭示真相。倘若心中之设定与事实不符，切不可以事实强扣心中之设定，而应以之与事实反复比照，将不符合事实之设定尽早摒弃，方不致为错误所囿。诸位，此法断案当然正确，可事到临头，本县却又将这断案之法忘得一干二净。此次王县令一案，便是如此。”说罢，他惨然一笑，继续说道：“此案并非心中想的那般简单。

“那幕后主使一得知我要到蓬莱赴任，便不得不甩出一些线索，以使我到任几日来一直疲于查证，无暇他顾。最后，他更易方案，即送佛像进京，且佛像业已铸成。他想误导我，趁机将佛像送出蓬莱。因此，他授意顾孟平散布走私武器之谣言。此计乃金尚所出，因为他正是靠此说辞获取玉秀的信任与支持。如此一来，本县查案的所有思路都朝武器走私而去，甚至当金尚临终前吐露走私的乃是黄金之时，本县也不以为意。尽管也曾怀疑过走私黄金获利并不多，但对走私黄金一事，本县依然认为是要从我朝走私黄金到高丽。直到今夜，本县才恍然大悟，原来走私黄金是从高丽到我朝，而不是我朝到高丽。”

说到此处，狄公不禁懊恼地扯扯胡须。马乔二人和洪亮都热切地看着他，希望他继续说下去。狄公只好又往下说：

“查案之初，本县实在是眼拙，被一桩桩毫无关联的小案件迷惑了视线，比如樊忠之死、顾夫人之失踪以及唐主簿的反常等等。后来，完全与此案无关的易鹏又成为我的怀疑对象。

“今晚洪亮带本县去看戏，戏里的情节突然让我意识到，杀死王县令的凶手到底为谁。戏里的老父亲遭人暗算，死前留下寻找凶手的线索——杏核。此时我突然明白，王县令有意将文书存放在古董盒里，并非想以文书告知查案者凶手为谁，而是通过古董盒上装饰的细竹来暗示凶手是顾孟平，因为顾孟平须臾不离手的拐杖上也有相似的装饰。王县令爱好制谜猜谜，本县甚至认为他已将走私黄金的秘密亦暗示于古董盒中。然而，我们已无从验证。知道顾孟平是凶手之后，本县也就明白顾孟平宴请我时对金尚所说的话，其中饱含阴险恶毒之意：'你退下吧，忙你该忙的去！'很显然，他们已私下讨论过，本县已了解到一些真相，他们必须马上除掉我。因为本县已开始留意白云寺和废弃的寺庙，且又提到佛像一事，而且暗示他顾夫人失踪大有蹊跷。凡此种种，都让顾孟平认为本县已知晓他走私的罪行，会随时拘捕他。

"然而，事实却是，彼时本县所知甚少，仍纠结于他们是如何将黄金从京城运到蓬莱的。今晚，本县再次琢磨顾孟平与曹和贤的关系。曹和贤有一侄子住在京城。此人乃一书痴，很容易被人利用而自己却毫无察觉。因此本县怀疑曹和贤利用他侄子，帮助顾孟平将金子从京城运到蓬莱。想到这里，本县突然恍然大悟，此前曹和贤曾提过，他时常将藏书运往京城。因此，黄金走私是从高丽运到京城，而非从京城运到高丽。如此一来，案情真相大白：这一伙人为逃避关税，将大量黄金走私入境，并操控市场，从中牟取暴利。

"尽管本县终于厘清案情，但依然有未解之处。要想操控市场，牟取暴利，必须走私运送大量黄金，而仅靠曹和贤运书是远远不够的。况且，本县到任之时，他们已不再靠运书来夹带黄金，因为曹和贤已将所有藏书运往京城。如此一来，他们必定要采取行动找新的途径大批运送黄金。那么，什么样的途径最为便捷安全？运送到京城的佛像乃最佳途径。

“这一计划实乃胆大包天，堪称天衣无缝，必定有人全盘谋划。由此，本县想起马荣、乔泰那晚在运河边目睹之怪事。本县查看了蓬莱地图，发现顾孟平的府邸就在第一座桥附近。那晚雾气蒙蒙，你二人可能误以为怪事发生之处在第二座桥附近，因此第二日到第二座桥附近去盘问，碰巧易鹏住在此处，这更让本县对他产生怀疑。但除此之外，你二人所见皆为事实。那伙人用棍子打的不是活人，而是制作佛像的泥胎。他们把泥胎敲碎扔入河中，马荣在河底摸到的就是这泥胎的碎片。此泥胎正是白云寺制作佛像的模具。慧鹏又借火葬和尚智海之机将金条熔化。本县当时看到的火葬现场，曾也疑惑火势太大，但并未深究。一个时辰之前，我们从白云寺去往顾孟平家中搜查，发现方大师制作的弥勒佛像被拆分成若干构件。想必他们打算将这些构件偷偷运送至京城组装，然后再移交给白马寺。而金佛，他们则会交给此案的幕后主使。”

听到这里，马荣长出一口气，开心地说道：“如此甚好，看来小人的眼神并未出错。我一直怀疑，看到的到底是人还是一筐垃圾。”

洪亮又问：“大人，那曹和贤又是如何被卷入案中，毕竟他是读书之人，而且……”

狄公打断他道：“曹和贤喜好奢华。他投资生意亏本，不得不离开县城搬回旧居。此人善于伪装，连胡子都是假的。顾孟平便看准他贪财的弱点，许以分红诱他入局，曹和贤当即答应。那晚，智海碰到顾夫人、薄凯时，手中盒子里装的便是顾孟平送去的分红。顾孟平贪图曹小姐美貌，令曹和贤将女儿嫁给自己。如此一来，本县才得以厘清顾陶二人间的利益关系。”

狄公叹了口气，端起茶一饮而尽。

“顾孟平的确贪婪，胆大妄为，但他并不是此案的主谋。他只是奉命行事。本县不能让他在大庭广众下交代幕后主使。此人在蓬莱必有其他的耳目，必定会给他通风报信。今晚，本县就将派人火速赶往京城，将案情上报大理正卿。对了，刚刚有人来报，樊忠的仆人吴山在卖马时被抓。正如我们所推测的，他发现阿康杀了樊忠，害怕自己受牵连，遂拿走钱匣子，带着马匹逃跑了。”

洪亮问：“大人，到底是何人主使黄金走私案?”

马荣脱口而出：“当然是无耻之徒薄凯。”

狄公笑了。

“洪亮的问题，本县现在还无法回答，因为我也并不知道此人是谁。薄凯会来告诉本县。本县倒是奇怪，薄凯为何还不现身，本以为从白云寺回来之后他就会现身的。”

洪亮和马乔二人听闻此言，大为惊诧，正要发问，听见有人敲门。衙役冲进来禀道，薄凯居然大摇大摆地走进县衙大门，衙役立即逮捕了他。

狄公平静地说：“放开他，带他进来。”

薄凯一走进二堂，狄公赶忙起身施礼，恭敬地说道：“王大人请坐，本县已等候大人多时了。”

薄凯平静地说道：“本人也是如此。抱歉，在正式谈话之前，请允许我梳洗一番。”

马荣、乔泰、洪亮三人目瞪口呆地看着他。薄凯自顾自走到茶炉前，往水盆里倒了热水，再将毛巾打湿，仔细擦脸。等他转过身来，众人发现，他脸上的紫色斑点和红鼻尖都消失不见了，眉毛也变得又细又直。他又从袖笼里掏出一张黑色的膏药，贴在左边脸颊上。

马荣和乔泰倒吸一口气，这张脸活脱脱是他们在棺材里看到的那张脸。他们异口同声地惊呼：“王县令！”

狄公说：“不是王县令，而是他的孪生兄弟，户部度支郎中王元德。”狄公回身对王元德说道：“王大人，此胎记只有你胞兄才有，想必令尊令堂也是靠这胎记才能分清楚你兄弟二人吧。”

王元德答道：“正是正是。除了这一点，我二人完全是一模一样。不过，我二人成人之后，人们也不必费力分辨了，因为我们相隔甚远，胞兄外任地方，我在户部任职。极少有人知道我们是孪生兄弟。狄大人，我此来，一是感谢大人破了胞兄被杀一案，二是感谢大人洗清我的冤屈。今晚，我假扮僧人去到白云寺，亲耳听到狄大人破解谜案，实是佩服至极。”

狄公急切地问道：“顾孟平的幕后主使可是京城高官？”

王元德摇摇头说：“不是，幕后主使乃户部尚书侯光之侄，大理丞侯钧。此人年纪虽轻，但相当老谋深算。”

“侯钧？”狄公大叫道，“他是本县的一个好友。”

王元德颇不以为然，说道：“人之于最亲近者往往失之辨别善恶。侯钧才华出众，假以时日必当仕途通达。但是，此人急功近利，企图以欺诈手段快速博取功名利禄。当阴谋败露后，他便毫不手软地进行暗杀，以使自己的邪恶计划继续。由于他的叔父是户部尚书，他便有机会掌握户部的一应事宜。而他本人又是大理丞，可随时调阅各种卷宗，如此一来，幕后主使是他也就不足为奇了。”

狄公掩住双目，心中明白，六日前悲欢亭话别，侯钧为何极力劝阻自己不要去蓬莱任职。及至今日，他还记得侯钧那恳切的眼神。狄公安慰自己说，至少侯钧对自己的友情不是伪装的，不愿朋友身犯险境。然而世事难料，如今他亲手将侯钧拉下马来。想到此处，狄公心情沉重，破案的喜悦消失得无影无踪。狄公打起精神问道：“王大人，你是如何发现蓬莱走私案的?”

王元德说：“本人长于算学，因此在户部提升很快。一个月前，从户部文书中，我注意到京城黄金交易价格有些失衡，因此怀疑有低价黄金非法进入流通，于是开始私下调查。不幸的是，我那同僚是侯钧的眼线。侯钧知道我开始调查黄金一案，又知我那兄长乃蓬莱县令，而蓬莱恰是黄金走私的入境之地。由此，他断定我们兄弟二人欲联手揭穿他的罪行。然而，事实并非如此。我兄长的确给我写信谈及此事，但仅仅怀疑蓬莱乃走私中心，而我也未将此事和京城黄金价格失衡一事联系起来。不承想侯钧却如同惊弓之鸟，以为事情败露，便迫不及待地行动，以掩盖其罪行。他命顾孟平谋杀我兄长，又陷害我偷拿户部库银。我侥幸逃脱，来到蓬莱，以薄凯之名藏身，以期查证侯钧之罪行，为我兄长报仇，也洗脱自己的冤情。

“狄大人赴蓬莱任职，让我既喜且忧。我愿意跟您合作勘破案情，但身份一旦暴露，您必然要将我捉拿归案，押往京城。因此我决定不与您正面接触，而是通过您的手下传递信息。我将他二人带到花船之上，让他们认识金尚和玉秀，因为我怀疑这二人跟走私案有关。”

说罢，他飞快地瞟了乔泰一眼，乔泰汗颜，赶紧低头喝茶，以掩饰尴尬。“我也试图让他们关注白云寺的僧人，但没有成功。我怀疑僧人们跟走私案有牵连，但并无相关线索，只能密切关注其动向，而花船正是极好的监视点。那晚，我看到智海偷偷摸摸离开了白云寺，于是悄悄尾随在后。谁承想，还未来得及盘问他为何去破庙，他就一命呜呼了。

“我对金尚旁敲侧击，不料却引起了他的怀疑。他想让我跟他去花船，好借机除掉我。”说完，他回身对马荣说道：“那日花船之上，他们的主要目标是你，认为我无关紧要，结果我的性命也是极容易的事。但他们不知道的是，我刀法极好，背后袭击你的那人正是我一刀结果的。”

马荣感激地说道：“多亏王大人出手，否则我小命不保。”

王元德继续说：“金尚临终之言，证明我对黄金走私案的怀疑是正确的。于是，我赶紧乘小船离开，赶在金尚同伙之前回到住处，拿走装有侯钧控制黄金交易的证据。既然薄凯已被怀疑，我索性不再假扮薄凯，干脆打扮成游僧的模样继续调查。”

马荣不禁抱怨道：“看在我们兄弟一起喝酒的分上，你离开花船至少也该将实情告知一二。”

王元德答道：“三言两语说不清楚。”旋即他又对狄公说道：“大人的这两位随从虽行事鲁莽，办事却卓有成效。他们会一直为你当差吗?”狄公说：“当然。”

马荣一听，满脸喜色，轻轻推了推乔泰，小声说道：“老兄，我二人再也不用东躲西藏，四处漂泊了。”

王元德又说：“我之所以假扮成薄凯，是因为知道兄长既是浪荡诗人，又是虔诚的佛教徒。我若以此身份现身，必然能接触到兄长生前好友故交。同时，我又以酒鬼面目示人，以便日夜四处游荡而不被人怀疑。”

狄公不禁赞叹道：“王大人此举，甚是高明。本县马上起草对侯钧的控状。刺杀朝廷命官乃是大罪，本县可越过刺史直接上奏大理正卿，立刻逮捕侯钧。明早升堂之时，本县要审问顾孟平、慧鹏及涉案的僧人，将他们的口供一并上报大理正卿。至于王大人，本县还得依律将你扣押在县衙，等待大理寺取消对你的通缉。在此期间，本县正好听听你的高见，尤其是本案所涉的财务问题。同时，本县还想请教王大人，如何才能减轻本地的土地赋税。本县查看案卷，发现农户的赋税实在是太高，不堪重负。”

王元德说：“愿为大人效劳。不过，狄大人，您是如何认出我来的?”

狄公说：“本县第一次在王县令私邸遇到你时，曾怀疑你就是凶手，假扮死去县令的鬼魂，为的是搜寻王县令所留下的指控你犯罪的证据。为了验证自己的判断，本县连夜赶往白云寺，悄悄查验王县令的灵柩。谁承想，王县令的面容竟然跟我遇到的鬼魂一模一样，断不可能是他人假扮。于是，本县相信，那真是王县令的鬼魂使然。

“直到今晚，本县才得以勘破真相。本县看了一出戏，戏里有一对孪生兄弟，二人一模一样，只有一处不同，就是其中一个缺了食指。因此，我怀疑看到的并不是鬼魂。倘若死者有孪生兄弟，只要稍作修饰，比如脸颊上画上胎记，想要扮演死者的鬼魂实在易如反掌。唐主簿曾向本县提起，王县令有一胞弟，但迟迟未能取得联系。如此看来，薄凯正是王县令的胞弟，原因有二，一是他在王县令死后不久来到蓬莱城，二是他对案情十分关注。

“如果您之姓氏不是王、李、张这些常见之姓氏，本县可能早就认出你来了。离开京城之时，本县便已听说您被控贪污以及逃逸的消息。薄凯精于财务，这让本县不禁猜想，他可能跟户部有关联。后来，本县突然想起死去的县令和逃逸的户部官员都姓王，这才恍然大悟。”说到这里，狄公长叹一口气，轻轻理了理胡须，接着又道：“王大人，若是老练的县令，应该早就破解此案，但本县初次履职，尚无经验。”说完，他打开抽屉，取出一本册子递给王远德，“这是令兄的记事簿，本县对簿子里的内容毫无头绪。”

王元德接过记事簿，慢慢翻看，对数字尤其关注。看完以后，他说：“我并不赞成兄长放荡不羁的生活，但他的确聪明过人。这本簿册详细记载了顾孟平的船只数量以及他所支付的关税和人头税。想必我那兄长已经发现其中的关税太低，完全无法支撑顾孟平的日常开销，而人头税太高，他的船只一定搭载了大量乘客。这让我兄长怀疑他在走私。我兄长虽生性懒散，但碰到疑虑之事，一定会不遗余力破解谜团。他从小就是如此。”

狄公叹道：“感谢王大人指点迷津。如此一来，本县再无困惑。”

王元德说：“我知道，如果我假扮成兄长的鬼魂，则可在县衙自由穿行，即使有人发现，也断断不敢前来阻拦。兄长遇害前不久，曾派人送来他私邸后门的钥匙，因此我便可随时进入私邸。他把漆盒交给玉秀保管，表明他对自己被害已有预感。京城来的查案大员和唐主簿都曾在私邸撞见过我，自然是吓得魂飞魄散。狄大人那晚碰到我时，我正在后院翻看兄长的行李。惊吓到大人了，实在抱歉。”

狄公笑着说：“不妨事，不妨事。本县还要谢你昨晚在白云寺扮鬼救了我的性命。这一次，本县真是被你吓到了，你的手看起来是透明的，而且一转眼就消失得无影无踪。本县好奇，你是如何做到的？”

王元德听完狄公的话，惊得目瞪口呆。他迷惑不解地说道：“大人说曾见过我第二次假扮鬼魂？您一定弄错了。我从未在白云寺假扮过鬼魂。”

王元德的话一说完，屋子里一片死寂，众人皆噤若寒蝉。这时，不知道从哪里传来门轻轻打开又关上的声音，院子里顿时弥漫起一股诡异。